U0895542

La Reine du Silence

沉默女王

Marie Nimier

[法国]玛丽·尼米埃 著

袁筱一 译

译林出版社

图书在版编目(CIP)数据

沉默女王 / (法)尼米埃著;袁筱一译. —南京:译林出版社,2015.11
(文学新读馆)
ISBN 978-7-5447-5913-7

I. ①沉… II. ①尼… ②袁… III. ①长篇小说-法国-现代 Ⅳ. ①I565.45

中国版本图书馆CIP数据核字(2015)第249732号

书　　名	沉默女王
作　　者	[法国]玛丽·尼米埃
译　　者	袁筱一
责任编辑	张媛媛
原文出版	Éditions Gallimard, 2004
出版发行	凤凰出版传媒股份有限公司 译林出版社
出版社地址	南京市湖南路1号A楼,邮编:210009
电子邮箱	yilin@yilin.com
出版社网址	http://www.yilin.com
经　　销	凤凰出版传媒股份有限公司
印　　刷	江苏凤凰通达印刷有限公司
开　　本	787毫米×1092毫米 1/32
印　　张	6.875
插　　页	2
字　　数	94千
版　　次	2015年11月第1版 2015年11月第1次印刷
书　　号	ISBN 978-7-5447-5913-7
定　　价	28.00元

译林版图书若有印装错误可向出版社调换
(电话:025-83658316)

序　言

毕飞宇

玛丽·尼米埃的《沉默女王》是如此地特别，在我的阅读记忆里，《沉默女王》别具一格。它是小说？显然不是。它是回忆录？散文？人物传记？都不是。一句话，它究竟是虚构呢还是非虚构呢？我真的吃不准。我为此专门和它的中文译者袁筱一教授通了很长时间的电话。老实说，我们没能找到答案。好在我们一点也不沮丧，我们在另一个地方达成了共识，我们都喜欢这本书。

《沉默女王》出版于2004年。第二年，也就是2005年，我出版了长篇小说《平原》。关于《平原》写作的动机，我在人文版的序言里做过全面的交代。——它来自我的太太，准确地说，它来自于我太太三岁那一年就撒手人寰的生父。在《平原》的序言里，我说过这样的一句话："'丧父'这件事从来就不会因为生父的离去而终结，相反，会因为生父的离去而开始。”是的，童年丧父的人都有一种隐秘的冲动，他渴望在现实的世界里遇到他的父亲——在巷口的拐角，也可能是医院的屋顶。然后呢，拐角依然是那个拐角，屋顶也还是那个屋顶。

玛丽·尼米埃的生父死于车祸，那是1962年，玛丽·尼米埃五岁。我想强调的是，死去的那个人不只是玛丽的生父，他还是罗杰·尼米埃，一位三十六岁的、如日中天的小说家。我认为这是双重的不幸。当三十六岁的、如日中天的小说家死于非命的时候，传媒自然而然地会形成一种力量，我把这种力量命名为“寻找真相的企图”。但是，正如哲学家所告诉我们的，语言从来都不可信，语言的力量在激发想象、在鼓舞虚构，而不是抵达所谓的“真相”。所以，玛丽·尼米埃的窘境就在这里，她的命运里有博尔赫斯式的迷宫，“真相”既不在迷宫的入口，也不在迷宫的出口，所有的“真相”都在迷宫的内部，任何人都不可能从这一头走到那一头。

我们的“父亲”是谁？他凭什么是我们的父亲？我们凭什么是他的孩子？我个人认为，无论是历史还是文化，无论是戏剧还是小说，也无论是虚构还是非虚构，这个问题才是真正称得上“一个问题”的问题。从这个问题出发，结论是显而易见的，艺术家其实都是孤儿，他有理由质疑血管内部急遽流动的液体，他有理由寻找血管顶端的那个永远也不可能存在的接口。

阅读《沉默女王》让我想起了另一本书，那就是勒·克莱齐奥先生的《奥尼恰》。如果我们有足够的好运，在手头同时拥有这两本书，我们很快就能发现它们都有一个共同的主旨，那就是寻找，寻找血缘意义上的父亲。我想说，人类的悲壮就在这里——寻找通常没有结果。如果我们的寻找果真能有一个结果的话，这个结果就是发现了新的问题，在血缘的父亲之外，我们能感受到血缘之外的诱惑，还有血缘之外的召唤。这正是伟大的艺术所以不朽的真正秘密。伟大的艺术内部都有一个血统，神话般的血统，它叫西西弗。——石头当然会滚下来，但是，别忘了，每一次，都是艺术家亲手把它推上去的，人类最为动人的寻找与偏执莫过于此。

我的父亲死于一个星期五的晚上，死时三十六岁。他那辆阿斯顿·马丁DB4跑车撞毁在离巴黎几公里、横跨307国道和311国道的立交桥的护桥栏上。车子本来是在左边车道，出事时却是一边制动一边突然向右转弯，这突然的偏离毫无缘由。它一连撞翻了七根水泥界标才停下来。坐在他身边的年轻女人，那个名字颇具异国情调的小说家，才在伽里玛出版社签下第一本小说的出版合约。她叫桑西亚蕾·德·拉尔科娜，二十七岁。有一种与众不同的美。

没什么好说的，不是么，对于这关系，没什么好说的。我又不在车里。那年我五岁。我已经好几个月没见到父亲了。他不再住在家里。当时，有些报纸还进一步假设说，那辆阿斯顿·马丁不是我父亲驾驶的，而是那个女人。我一直在想她葬在哪里。也许是朗贝维埃尔，她的出生地吧。她有个儿子，就在我写下这几行字的时候，我没能想起她儿子的名字。二十来年前，我们通过一个共同的朋友见过面。他投身于音乐制作，而我在一个乐队里唱歌。两个无法得到安慰的人。如果我相信偶然，也许我就可以说事情安排得很好。然后编造出一点什么，编造出这样的一个故事。两个共同赴死的人的孩子之间的关系。他和我，在奥尔良门附近的一间咖啡馆里。他描绘母亲一头金发时的手势。我颤抖的双唇。桑西亚蕾的儿子有一头长发，还有那种早熟孩子的安静的沉稳。我们年龄相仿。都还年轻，非常年轻——我们那时还不知道这一点，我们觉得自己很老。我们坐在咖啡馆很里面的位置，远离他人的目光。咖啡馆里有大镜子，有透过镜子的柔和光线，还有仿皮漆布长凳。你想象着这场面。如果你想让书卖得好些，你就可以把这个写进去，写进所有这样的事情里所应包含的反常和柔情。一个黄金主题。书会有很特别的封面，人们一定又迫不及待地重新拿出那辆被撞毁的阿斯顿·马丁的照片。可是不。二十年前，我没有写这样一本书。我以后也不会写。或者说，如果我要写，我会用别的开头。

我会说：我是一个悲伤孩子的女儿。或者——如果将那篇英文报道的题目译过来——说是一个时代之子的女儿。我的父亲是个作家。是《蓝色轻骑兵》的作者，这本小说让他在二十五岁时一举成名。有些人可能从不曾听说过他，因此我在这里把简装版书的作者介绍抄下来，当然，我按自己的方式做了一点改动。罗杰·尼米埃（1925—1962）的一生和其作品一样，都以一种命定的省略和简短而著称：祖上来自布列塔尼地区，罗杰在巴黎出生成长，上学时成绩优异，1944 年加入轻骑兵第二纵队，之后进入文学界，死于车祸。也许正是因为这光彩照人的人生如此短促，作为那个时代最具天赋的作家之一，他出版了一系列和他本人一般盛气凌人的小说。他是保皇主义版本的达达尼昂，具有广阔的文化背景，逆着他认为是时代定论的思想、所谓的左派知识分子思潮而行，这就是我们日后称之为“轻骑兵派”的叙述方式，除了罗杰·尼米埃，同类的作家还有安托万·布隆旦[1]，雅

1　安托万·布隆旦（Antoine Blondin，1922—1991），法国记者，作家。本文所有注释均为译注。

克·洛朗[1]或者米歇尔·德翁[2]。我引用他人的话来说，轻骑兵就是："那一类带有梦幻色彩的军人，他们温柔地对待生活，粗野地对待女人。"

或者还可以这样定义："一个与车相伴的男孩儿。"

对于他，我只保留了一点儿记忆，也几乎不太真实。于是我转向他的朋友。他们所说的话，他们所发表的文章，还有他们所传播的谣言。一种古怪的看待父亲的方式。与父亲相遇的方式。在他人的描述中——有时这个人这样说，那个人那样说，但有时，大家认为他是同时具备这样的性格——他是一个随便、认真、经常撒谎、诚实、缓慢、敏捷、勤劳、懒惰、带点儿犬儒色彩、带点儿爱国主义色彩、残忍、温柔、冷漠、热情、沉稳、轻浮、一丝不苟、慷慨大方的人，拙于感情，就像有人做事总是笨手笨脚。除此之外，我也许还要加上他是记者、总编、电影编剧，直至他离世之前，他还是伽里玛的文学顾问——正是出于这个缘故，他才

1 雅克·洛朗（Jacques Laurent，1919—2000），法国作家，记者，骑士奖章获得者。

2 米歇尔·德翁（Michel Déon，1919—　），法国作家，法兰西科学院院士。

认识了原名苏齐·杜吕普特的桑西亚蕾·德·拉尔科娜，她是《女信使》的作者，除此之外，还留下了几本未能付梓的小说。我还会说，他有三个孩子，第一个叫纪尧姆，才出生就夭折了，于是接下来对他就没什么好说的了。我会说到马丁，他比我大十八个月，我还会说到于格，他是我同母异父的哥哥，是我母亲和前夫生的。我也许会冒险谈论那些装点着父亲这个传奇的逸闻趣事，众所周知的，或是大家都不太清楚的事情。我也许会到处搜寻，甚至从私人信件里找到一些意义非凡、能够重新对这个人物有所阐释的奇闻。但我也可能把这一切都丢进垃圾箱。

或者，也许可以用我去祭扫父亲位于圣-伯里厄克的坟墓开头。我第一次去那里是三年前。我会写，第一感觉那里有很多的石头，还有树，很多很多的树。很多的坟墓整齐地排列在那里，就像是一张张宿舍的露天小床。第一感觉，是的，我到坟墓时，第一个跳进我脑中的念头就是这个：他们在那里很好，下面就是大海。他在那里很好。

坐火车，然后还要在雨中走一段路。每次去父亲的墓地都会下雨。对此，我不做任何结论性的分析，关于法国的天气，或是特别关于布列塔尼的天气，再或是我的内心情感与天气的变化无常之间的相辅相成。我总是在同一个花店女老板那里买花，她的花店就在墓地的对面，这是一个优雅的女人，总是带着一种别样的爱意为你包装花束，仿佛是在包装一份情人节的礼物。她很清楚，几分钟以后，这些包装纸就会被扔在墓地主通道的垃圾桶里，连同那小小的丝带结，还有粘在棉纱带上的金色的标签，是的，我才查过，是“棉纱带”（我曾经对这个词产生过疑问），是布瓦勒杜克产的棉纱带，布瓦勒杜克是荷兰布拉班特-赛普敦特里奥纳省的一座城市，你抓住缎带的底部，将它夹在刀刃与指腹之间，然后，往上用力一抽，动作越猛，就越会呈现出细碎的断纹，而动作慢的时候，就会是那种紧紧地卷成一团的样子，她知道如何用手指尖来掌握着一切，那个花店女老板，她很清楚，她美丽的构建不久之后就会进垃圾桶，就像点心店的老板，他们也很清楚，圣诞蛋糕上，他们用杏仁粉做成的装饰很快就会和面粉、牡蛎还有生菜里抹过蒜泥的面包头乱七八糟地混在一起落入人们的胃中，可是这又有什么关系呢。她喜欢完美之作，对于她来说，只有这点是最重要的：动作之美，瞬间之欢。即便你摆手叫她不用如此也是枉然（您知道的，这是到对面去用的，有必要做得这样仔细吗？），她不会听你的，也不会看你，只是继续将剪刀的刀锋滑过金色的缎带，直至缎带在玻璃纸外像卷发一般一簇簇地流淌下来。她的小店也散发着她的味道。人造花儿，碑刻，花圈，是的，一切都排放得活泼有致，店里还有在不同高度飞翔着的陶制的小天使，芬芳的蜡烛和吐出一串串新闻的广播：周末第一天时发生在公路上的可怕车祸，只有最为严厉的措施可以让死亡却步。

在我们小的时候，从来没有人说过要带我们去父亲的墓地。可是我们的童年却是在父亲墓地所在的地区度过的。我们总是在圣-伯里厄克下火车，然后我们再坐汽车，坐到圣-盖-波特里厄。我总是在想，不知道我的哥哥马丁是否认识父亲的墓地。至于我，我是在很多年之后才鼓足勇气到墓地来的，而且是偷偷摸摸地来，仿佛这是一件理应受到指责的事情。我很想有一天能和马丁一起来。这样的句子总是让我的双眼含满了眼泪。有一天，逗号，我将和我的哥哥一起来坟前献花。不，应当换种方式说。有一天，逗号，我将和马丁一起到父亲的墓前来。罗杰·尼米埃的墓。有一天，逗号，哥哥和我会一起来，逗号，但是我在他的答录机里留了话，他却从来没有回答过我，不是因为我们在生气，而是我们总有一种很强烈的感觉，觉得自己在打扰对方。于是，我们努力不再打扰对方。我们保留各自的那一部分。包括来到这墓地，这突出在大海之上的墓地，还有这树林，小小的墓床和关于爸爸的痛苦记忆。

第一次去的时候，守墓人借了我一把铲子和一把扫帚，让我整理一下。这个人很为自己的职业感到骄傲，他以一种公然的令人赞叹的方式完成着这一切。他和花店女老板说话。就是这位守墓人告诉我，这些年来，他很少看见有人到这个墓地来。七八年前吧，有一个电视台的摄制组来过，在十月份，但是这个摄制组只是观察了一下这里的环境——甚至可以说摄制组的人很为这份荒弃感到高兴，他们似乎在其中找到一种审美意义的愉悦。

一种不健康的愉悦，守墓人说。

他们究竟想要证明什么呢？他们没有碰这里的一丁点儿东西，便开始了摄制，甚至连拂去落叶的动作都没有一个。一位满头银发、仪表堂堂的男子在墓碑的十字架前接受了采访。守墓人建议从路易·吉约[1]的墓地借几盆花来，正好有人才为他纪念过生日，或者从加缪爸爸的墓地借几盆花也可以，加缪的爸爸就安息在不远的地方，只隔了几排。导演拒绝了，甚至看上去有些讥讽的神情，仿佛认为守墓人之所以玩着文学统一性的游戏，无非是为了挣几个小费，而他也确实得到了小费，一张新票子，才从自动售货机里

1　路易·吉约（Louis Guilloux，1889—1980），法国作家，翻译家。

找来的新票子，然后，他们就友好地请他离开他们的摄制场地。他们这样做让守墓人感到很吃惊，倒不是侮辱，不，这不是什么私事，但是对于他来说，这个公墓维护得那么好，却用这样一个墓穴代表着上了电视镜头，这真是不公平。他没有权力禁止拍摄，但是，正好下雨了，摄制组躲进一家咖啡馆，他便利用这个时间稍微打扫了一下，除除草，扫扫地，擦擦墓碑，放上点花，扶正了石头上的金属橄榄枝，他整理得那么彻底，以至于一个小时后，回来结束采访的记者禁不住发了火，可是再发火也没用了，因为虽说一个小时里可以整理好一座墓，但再让它恢复到原来的荒弃状态可需要很长的时间。摄制组只好从头来过，从主通道信步走来，将墓碑上的名字一一念过来，然后是独白，独白的灵感来自父亲在最后时刻的见证人。

我一直在想那个有着银灰色头发的男人是谁，也许是个作家。据守墓人说，那个人在我父亲下葬的那天见过他。我应该找到那次节目的录像带，也许城市档案馆里，或是媒体中心什么的有备份。我很想问问这个人，他是否知道，就在出事的当天，晚些时候在那个叫“青蛙罗杰”的餐馆原本有个聚会——我父亲约了一些朋友在那里见面，约的是将近午夜的时间——作为餐馆的名字，这的确有些滑稽，“青蛙罗杰”。这个地方一直还在。有传闻说这间餐馆的创建者喜欢送女客人一个玩具青蛙，作为交换，从女客人那里索要一个吻。据说是在面颊上的友好之吻，但是他会很快转过脑袋，让这友好之吻落在唇上。青蛙罗杰是个孤儿。每个星期四，他都会邀请二十来个孩子到他那里吃中饭。真的是个很特别的地方。我希望自己有勇气去。在那里请原籍朗贝维埃尔的女小说家的儿子吃顿饭。桑西亚蕾的儿子。我必须得想起他的名字。我得找到他家。朗贝维埃尔，朗贝维埃尔在哪里呢？我不敢把我在网上查到的有关朗贝维埃尔的信息说出来。还不是时候，你很清楚朗贝维埃尔在哪里，在孚日山脉，你甚至有去那里的大巴时刻表，在你计算机的相簿里，还有那里的人欢庆自己地方节日的照片。“朗贝维埃尔，牛头之城”，这就是你输入搜寻关键词时，屏幕上出现的东西：有关熟肉制品行业协会游行的一整套资料。无处不在的牛头，就像放在装饰得非常隆重的装甲车上的战利品。可怜的桑西亚蕾，有那么优雅的笔名，一头公主般的头发和如此传奇般的死亡——但是我讨厌这个传奇般死亡的想法，不，在这辆被撞毁的车子里，没有什么所谓传奇性的东西，没有，只有血，碎铁片，警笛，救护车，回到朗贝维埃尔，面包店，熟肉店，鼻子里塞了西红柿、在颈部装点了一圈胡萝卜的牛头，完美的工作，处理身后事的完美工作。我迷失了，我不应该去想父亲四分五裂的身体。我在看这场事故，慢慢地回放。我可以尽可能细致地描写这场灾难的各个版本，就这样也能写一本小说。一本建立在花边新闻之上的书，每一次都从头叙述，就好像那些无尽的噩梦，橡皮筋把你的双脚拴在河岸上，你在噩梦里逆流而游。他的沉默和他的话语。汽车的味道和马达的声音。身体的游戏和精神的映射。这突然的闪现，害怕、尖叫和随之而来的沉默。我会想起父亲在认识桑西亚蕾时才完成的《达达尼昂》里的最后一句话：只有公路能够让生活平静下来。谁能知道在那辆阿斯顿·马丁里究竟发生了些什么呢？不确定是好的（也就是说在不知中有时会有一种神圣的益处），我也不再叙述这一切。我不去想象。我拒绝想象。我要像孩子一样，在想消失的时候遮住自己的眼睛，重复说：这和我无关。

今年，我是在万圣节时去的墓地。守墓人穿了新鞋，花店女老板有了两个助手，和她一样仔细认真，但是当然，在将“棉纱带”弄卷的时候，没有她灵巧——也许是她的女儿，或是侄女什么的，在这客流高峰挣点零花钱。我很小的时候就开始挣钱了，我也是。我在童话王国里扮演天使。装扮成一身白色，两扇真正的羽翅，还有一面小鼓，他们让我随着音乐的节奏敲击。我赤着脚在街头行走——穿鞋子的天使，不，那当然不行。当时我十五岁，喝着基尔酒，出去巡回演出时睡在卡车的后车厢里。那些关于父亲之死的文章里，没有一篇确切提到父亲当时的酒精度。我仔细翻过当时的所有报纸，没有找到。他们说他在上路前已经去过好几处新闻发布的酒会现场。应该找到警察局的报告，去请求诉讼机关，但是我应该以什么名义要求重新打开这卷宗呢？这数字肯定被记在某个地方。也许桑西亚蕾在出事的那天对自己的某个朋友谈起父亲时说过：“我终于能看到他肚子里究竟装的是什么。”这话是二十年以后，安德烈·皮埃尔·德·芒迪亚戈[1]说出来的。应该相信安德烈·皮埃尔·德·芒迪亚戈吗？她想看的是父亲的肚子里究竟装的什么。我经常想起这句话，经常重复这句话，直至它丧失意义，丧失它所承载的不祥的意义，直至它由于不断地存在而最后消隐。那次在奥尔良门的咖啡馆见面之后，桑西亚蕾的儿子走的应该就是这条公路。他谈论这出悲剧的方式给我留下了很深的印象。我本该喜欢他那种轻柔而肯定的语调。对于自己的母亲，他有一种温柔而保护性的目光——不管怎么说，这是他留给我的记忆。他不恨她。她就是这样的，他说，仿佛她意外的死亡是她完整生命的一部分。我在想他怎么才能做到这一点。在想他是不是一直如此。是不是能够看到我写的这几行字。

1　安德烈·皮埃尔·德·芒迪亚戈（André Pieyre de Mandiargues，1909—1991），法国作家。

15
沉默女王

几个月前，我在邻近城市的驾校注了册，毫不费力地拿到了注册号。我的困难似乎是在实践上，最初的几次练习让我颇为泄气，但是自从我和弗兰克带着孩子们住到诺曼底之后，学开车成了必须的事情。于是我强迫自己这么做。我决定要拿到驾照。我用如此坚定的语调说这件事，因为它对于我来说仿佛世界末日。我觉得自己很蠢，是的，很想学好，然而一握起方向盘便总是笨拙到极点。教练好不容易挤出来的话似乎对我毫无作用，仿佛落在了鸭子羽毛上一般。似乎也很正常。开始时都是这样的，紧紧抓住挡位的变速杆仿佛塑料梳子在过于干燥的发间穿过。是的，你会说你也如此，一发动就熄火，你也是，倘若 辆车跟在你后面，你也会害怕。我必须集中注意力。必须强迫自己，就像教练说的那样。必须强迫自己……

我才念了前面的那几段文字，关于我去父亲墓地的，和我所经历的一切却相差甚远。很难找到语调，很难找到适合的距离。比如说，关于花店女老板的。第一次的时候，我似乎连杀她的心都有，她的花饰，她那梦一般的神情，她的拇指紧紧地贴着刀锋，我觉得她一定会鲜血飞溅的，这个动作真是让我难以忍受，还有那声音，棉纱带发出的“嘎吱嘎吱”的声音，这哀怨的声音，我叫她停下，我听见自己的声音很大，在花店里回响着，而她吃惊地望着我，不，不是吃惊，是惊恐。

我请她原谅，我感到自己很羞愧。

花是到对面用的，我咕哝着，抬起下巴，冲着公墓的方向。她垂下眼睑。是的，她重复说，是到对面用的，然后她向我表达了慰问，就好像我父亲才下葬似的。我是不是应该告诉她，父亲已经死了很久？在她继续自己工作的时候，我稍稍走远了些——她肯定不会拆开重来的，花束已经基本上要包好了。我努力将注意力集中在广播的声音上，因为我不想哭。可我还是哭了。我又想起所有那些直接得到父亲死讯的人。是到后来，从第二次开始，花店女老板的这番所作所为才开始感动我的，还有守墓人的那张脸，我为之感动也是以后的事。我喜欢想她那慢慢的动作，还有，当碎发掉进眼睛里时，她摇头的那种方式。我不知道前面这些页写了有什么用。有时我对自己说应该都抹去，再一次，重新开始。我会叙述事实：四处飞溅的挡风玻璃碴，还有抬上担架的这两具一动不动的躯体。他们往这两具身体上盖了东西，因为怕他们冷。两个人都很美，很苍白，照片上，他们俩躺在点着蜡烛的停尸间里，仿佛两具横卧在墓石上的雕像。我第一次去墓地的时候，因为想到了这情景，就买了一把白色的绣球花。绣球花养在一只单柄的锌桶里，锌桶本身也漆成白色，更确切地说，是在外面刷了一层白垩粉，摸上去，手指上沾得都是。我把花和桶一起放在父亲的墓地上时，有一些粉落了下来。这是一种西班牙的白粉，也许，暴雨下，它开始溶化。在回去的旅途中，我满脑子挥之不去的都是这场景，渐渐蔓延了整座坟墓的白色。这胜利性的白色，在石头的缝隙间蜿蜒，染白了碑石上镌刻的字母和橄榄枝。这渐渐变成灰色的白色，随着花儿的凋零，桶也会回到它原来的颜色。

最终，这只桶将失去平衡，一阵风会将它掀翻，别人会过来将它重新竖好，也许是守墓人，或是过来喂猫的那位夫人。小小的浅色的爪子落在死人的头上，那个无名世界的标记。等那东西彻底没用了，有人会捡走。有人会收下它，放在自己的家中。有人会用它，而我，我在火车上，我在回办公室的途中，靠右坐着，面前放着我的电脑，我看着拉塞尔-圣克鲁大桥的照片，加尔什医院的照片，还有朗贝维埃尔熟肉店老板游行的照片，仿佛浏览这一张张照片的时候，我能够找到那个男人的面容，那个在很久以前的某一天，我叫“爸爸”的男人。

五月的一个早晨，我要求于格——我同母异父的哥哥——描述一下他是如何得知其继父的死讯的。罗杰·尼米埃的死讯。我们从来没有谈起过这个话题，也许是因为羞怯，极度的羞怯，在某种程度上，这种羞怯和众望所归的孩子出生一样，能够建立非常牢固的家庭。我们把这事丢在一边，让生活继续。这事就放在路边。这事：伤痕累累的身体，毫无知觉，被带离孩子们的视线。人们织就重重的网，把这悲剧包裹在蚕茧里，好歹压住悲剧之翅的扑腾，想要保护我们，让我们远离悲剧的伤害。于格比我大十岁，他还有很多东西可以告诉我，除了他，再也不可能有别人可以告诉我的许多东西。我想让他描述一下葬礼的情景。还有车祸之后的日子，那几个星期。我在蒙帕纳斯火车站给他打了电话——于格住在拉罗歇尔附近的一个老邮局那里。几个小时以后，我仿佛又回到了过去，坐在椴树下，拿着我那张老旧的扑蝴蝶的网，试图将他愿意吐出来的词一一毫发无损地网进去。实际上，我的网就是面前摊着的一张白纸，而我的右手握着钢笔。我只是听他说，没有看着他——这样会更容易，不要用目光的重量弄得他头昏脑涨，而是任由他的声音在空中飞翔。我穿了一件全新的蓝色亚麻连衣裙。有点紧。我喜欢这种被紧紧包裹着的感觉，有了植物做的第二肌肤，不是像盔甲和盾牌一样帮我抵御来自外界的暴力，而是抵御来自我身体内部的攻击——上火车的时候，我倒是一点疑问也没有，但是旅途战胜了我的信心。顺着火车行驶方向的座位全都满了，我只好坐在反向的位置。我不喜欢背朝风景——感觉仿佛机器在车子后面奔跑着，追赶着，感觉背后一直有什么在催促着，然而却永远到达不了……到达什么呢？现在再来问于格这些不是太迟了些吗？该如何切入这话题呢？该如何解释这突如其来的，想要探寻过去的愿望？仅凭一时的冲动就要撼动这么多年来我们之间关系得以依存的基础？为什么会有这份迫切，这种立刻打破沉默的需求？我哥哥会认为我情况很不好。他会同情我。想到这个，我真觉得受不了。

是的，不好，在拉罗歇尔下车的时候，我真的不太好。我的双腿在颤抖。哥哥似乎没有注意到，他说我神采奕奕，说看到我这样健康他觉得非常高兴。我满怀感激地收下了他的恭维话。我们快步走到停车场。我很自然地扫了一眼自己的体态，似乎哥哥那信任的目光赋予它一种别样的意义。由于内心的激动，在上车的时候，我的头被撞了一下。这个事件成了发动器。我开始说话，用一种不属于自己的声音。一种清脆的，和自己平常说话不太一样的声音。甚至在到他家之前，他应当已经明白我此次来访的动机——如果说他还不一定了解我此次前来的真正原因。

天很热，过早来到的热，似乎宣告这个季节剩下的日子不会怎么好过。我们决定坐在花园里。不，我不渴，也不饿。不。于格拿了两个杯子和一瓶加了杏仁糖浆的凉水。他非常亲切，然而同时依然保留着节制与严谨，不停地重复说他觉得我的举动非常勇敢，说他会尽一切可能帮助我，说他一点也不介意谈论那个时候的事情——正相反，正相反。我觉得自己是在向他提一些非常私密的问题，就像是在问他阳具的大小或是力比多的无常分泌一般。你可以想象，向你的哥哥提这类问题会是什么样的感觉。于格坐在花园的椅子上摇来摇去。我们小的时候，他也喜欢这样，在厨房里，从天花板上吊张床单下来，系在嫩黄色的弗米加家具间。母亲经常为此指责他，但是他在这点上无可救药。他会停一会儿，可只要母亲一转身，他就又重新开始摇。母亲说，他这样会弄坏地砖，会摔破头，会让他进医院，还说他这样摇，椅子腿都会给他摇坏的，而我们就只能端着盘子站着吃饭。我一直把妈妈说的这些话当成真的，每次哥哥开始摇椅子，我就会觉得喉咙一阵发紧。我母亲很少大声说话。她也很少耸肩膀。别耷拉着胳膊，她总是不停地重复说。她解释。她试图搞明白。我想要让于格回忆起这事，可是他在别的地方，在另一个世界里，我的这些想法只会弄乱他，让他变得不能够确定——他是对的。如果他不是立刻开口说，也许他就永远也不会说了，而我们会因为这些承载着痛苦的词语彼此保持距离。

于格说了些什么？他有什么要告诉我的呢？

起初，这着实让人有些失望。有点像在渡口和英国笔友第一次见面。数字，专有名词，我仔细地记录下来，一边记一边问自己为什么要等这么多年来获取这些如此简单的信息（我想：毫无意义，我为这个念头感到抱歉）。1962 年的秋天，于格在离巴黎六十公里的一所寄宿学校——从北站出发坐一个小时的火车。他当时上初三，刚满十四岁。有天早晨，也许是星期一早晨——得查一下当时的日历——他明确道，校长把他喊到办公室，用充满同情的声音对他说，他的父亲刚刚死于车祸。于格得知这个消息，然而并没有明白过来究竟发生了什么。他问自己的问题非常沉重，也许比车祸本身更为可怕。

问题？我的哥哥停了一会儿。他很难讲清楚，在四十年之后。他喝了一口水。他的喉结穿梭来去，就好像准备吞咽下某个堵住喉管的东西一样。我抬起眼睛，目光和他的交会在一起。他立刻低下眼睛。睫毛上落了一点脏东西。

问题是，他重新开口道，简缩到三个字：谁死了？

是的，是谁死于车祸，他的生身父亲还是他的继父？我们母亲在电话里对校长说的应当是“我丈夫”，这是一位教会学校的校长，不知道我们母亲已经结过一次婚，自然也不知道她离过婚，于是就简单地将他所接收到的信息转达给于格。哥哥知道，如果他不把家里的故事讲出来，特别是不把他的疑虑讲出来，他就没有办法从学校里得到这个问题的答案。只有等待。他已经习惯了忧伤。还有沉默。至少在那段时间，学校的老师尽量不去指责他心不在焉。他们的宽容让这份痛苦变得完满。他们总是在他背上轻轻拍一下，意味深长，他们给他的分数也比事实上他应该得到的略高一些，虽然他不是坏学生，不，他当然不是，他只是不太说话，躲在自己的世界里，藏在高大的身形之下，仿佛那是他的庇护伞。

尽管学校离巴黎不远，于格也不是每个周末都回来。他不记得就车祸的事情和母亲通过电话。真是难以置信，当我们想起那段时间，那些沉默的日子，我们都觉得难以置信。这些日子里，他一直在想离开人世的那个人究竟是谁。你可以想象一下那样的夜晚，那样一种罪恶感。究竟应当让哪个父亲去死，让哪个活下来呢？碧姬，他的一个德国朋友，第二个星期天去看他。为了让他散散心，她拖他去了卡丁车游乐场——在那时那算是奢侈的活动——在他们谈到最后时，他推理出死的那个应该是罗杰。

应该松一口气吗？如果我是他，也许会的。我问他，是否还记得在得知悲剧发生之后第一次回到巴黎的情景。于格不再摇椅子。他陷入沉思，不愿对我胡说八道。所有一切在他的记忆中已经模糊。他要让这一切重新浮出记忆的水面。他缓缓将杯子举到嘴边，没有喝，又放下了。回到巴黎……是的，他看到了寄给罗杰·尼米埃的一本《汽车杂志》，母亲叫他藏在自己的书包里，因为怕我们看到上面关于父亲的文章。他回忆起无休无止响个不停的电话，应该是星期天上午吧，都是关于他继父留下的债务，三年以来一直未支付的社会保险，滞纳金，还有保险费。还有把汽车残骸拖到修理厂的牵引费，真的应该是母亲来负责这一切吗？于格还想起坐在桌边唉声叹气的马丁——他觉得马丁似乎才知道自己的爸爸死了。唉声叹气，这是他用的词。那天作为前菜的是南瓜汤。于格记得这个，汤，汤的香味，可是他不记得那时的我，不。我没有出现在他的叙述里。我恨他，哪怕他记得一点点与我有关的事情也好。我曾经多么希望他能谈谈那个小女孩，那个当时还是个小女孩的我。可是小女孩仿佛是透明的。他不和她一起玩，不知道她的布娃娃的名字。我想，当时我最喜欢的布娃娃应该叫科拉。非常女人味的一个布娃娃。还有个塑料娃娃叫弗朗索瓦，粉红色的，我给它包了条丝巾。那个娃娃没有生殖器也没有肚脐。继父的葬礼？于格没有参加。也没有人对他谈起过，只是到第二年夏天，他在圣-盖-波特里厄度假时，从大人躲躲闪闪的谈话中，他偶然得知罗杰的遗体葬在圣-伯里厄克。故事到此为止。

父亲下葬时，我还不知道他已经死了。是在他下葬的好几天后——一个星期，或者更长的时间——我才知道的。自车祸的第二天起，母亲就把我们交给了她爸爸。外公住在诺曼底。母亲把我们放在一边，置于我们喜欢的人的保护之下。看到登在《巴黎竞赛报》上的照片——当然事先没有征得她的同意——看到铺满了一个又一个版面的照片上，那两具躺在医院里的尸体，她禁不住发抖。如果我们不小心看到了呢？如果有人对我们谈起这些呢？你可以想象：你和你的外公一起到村里去买东西，走过报亭时，你在招贴广告上认出了自己父亲的名字，用大大的字母写着的父亲的名字。不是他出版了一本新书，不，是他的死亡成为专栏的话题。外公想把我们带离报亭，说给我们买焦糖或者蛋筒冰激凌，以此来引诱我们。我已经准备跟他走了，可是我的哥哥不愿意，他不愿离开。他已经识字，他。外公提高了嗓音，拽着他的胳膊，马丁反抗着，他放声大叫，一张张面孔出现在周围的窗后，而我，我就站在那里，站在招贴广告前，想要辨识出这上面的意思。父亲身边的这个年轻女人是谁呢？为什么他们都闭着眼睛？还有这汽车，我的上帝啊，这汽车……

我走开了，没有人注意到我，他们的注意力全都集中在不愿离开的马丁身上。我想要避开这一切，避开叫声，避开羞愧。避开那些人投在哥哥身上、投在招贴广告上的目光，因为这里的所有人都认识我们——大家都很清楚这个长发女人不是我们的妈妈。我要把自己藏起来，藏到教堂后面的那条街上，那里，在右手边有个隐秘的角落，一块草坪，到那里没人能找得到我。

可是不。对于我们这些孩子来说，事情不是这样过去的。

当时的一切更为沉闷，更为局限，也更为令人喘不过气来，就像放在热水里洗的羊毛衫。这个消息是在我们卧室里宣布的，在巴黎。我们站在窗边，窗帘半闭。我还能非常清楚地回忆起妈妈在宣布这个消息时用的语句。她应该是在自己的脑子里重复了无数遍，绕来绕去。如何告诉五六岁的孩子，他们的父亲死了呢，现在我来问你，如果是你，你怎么说，你？

"爸爸出了车祸。他被送进医院，他离开了。"

妈妈紧紧拽住手里的绢帕。我没有马上反应过来为什么她要说这些话，仿佛是在宣布什么独家新闻似的：我们的父亲不是已经离开很久了吗？我们已经习惯他不在家了，然而马丁放声大哭起来——这时我才明白这一次是永久的离开。是的，可以这么说，我们的父亲换了一种生活。他去了很远很远的地方，另一个国度。母亲试图安慰哥哥，一辆救火车驶过外面的街道。我想去厕所。我想去洗个澡，我突然觉得大地在我脚下塌陷。觉得我就要掉进一个没有尽头的深渊，就像爱丽丝掉进兔子的洞穴一样。我不知道这样是舒服还是不舒服，不知道我是应该害怕，还是就这样任由自己掉下去。我觉得自己在飘，尤其是胳膊，它们那么轻，那么轻，如果说我的双腿在往下去，我的上半部分身体却像是被一只伸向天际的手拉住了，我的胸腔在打开，我的脊柱在伸展，我不再是那个被所有人都当成小东西来看待的有些沉重的小姑娘，我成了一个有故事的人，这个故事让我得到了超越，是的，我觉得自己超越了自己，因为这份沉重而长大了。当然，我没有办法用语言来表达这种感受，但是我仍然保留着这份强烈的感觉，这种宛若飞翔的坠落，以及这份感觉在我的五脏六腑里引起的震动。渐渐的，我的身体又重新回到了一个整体里。我用全新的目光望着卧室的窗帘。我从来不曾注意到过它们有那样的宽边，仿佛窗户也会随着岁月流逝而变宽，能够给我们多一点的阳光。我们的床很乱，我还记得床单落在蓝色的亚麻油毡上（不，不是亚麻油毡，我妈妈怎么说来着？ balatum ？）。我记得我当时还想，床单会弄脏的，必须把被子塞好，把长毛绒玩具放好，把睡衣折好，反正是把自己的这个世界整理好。我用双手捧起妈妈的脑袋，转向我，我想帮她整理我们的床，想告诉她，我们在一起，我们三个人，这样就很好。我的微笑凝结了。泪水流过妈妈美丽的面庞。

于是我为妈妈的悲伤而哭泣。为她哽咽的声音而哭泣。她将我紧紧抱在怀里，我又变得很小，很小，而此后的一切我都不再记得。

写完开始几章后，又是好几个月的时间过去了。好几个月的工作，然后，和孩子们在一起休了几天假。从诺曼底回来，我考驾照再次失败——在医院附近的同一个红绿灯路口，我三次熄火，那里有很多人，当然，很多人是相对于外省的一座小城而言，有人在按喇叭，考官不太高兴，好像这喇叭是故意按给他听的。仿佛是他的声誉受到了挑战。他生气地望着四周。他的耳朵开始变红，然后是脖子，最后我终于重新发动了车子时，信号灯也变红了。考官吹了声口哨，彻底泄了气。我深吸一口气。信号灯又重新变成绿色。最后一群行人穿过马路。发动机抖了几下，可是没有熄火。外面在下雨，我的鞋子是湿的，每次踩下离合器的时候，鞋底都会吱嘎作响。雨刮也吱嘎作响，我觉得雨刮的速度有些快，但是我想不起应当往哪个方向揿操作按钮，好让它慢些。这时考官对我说：

“请在自动洗衣房边把车子停下来，小姐。”

我不喜欢人家叫我“小姐”。你是不是觉得我过于敏感了？是不是我应该将此视作恭维？我开了右转信号灯准备停车，已经开了好一会儿了，还是有一辆摩托车从右边超过了我。考官踩下了刹车。

“很好，”他叹了一口气说，“我们停在双黄线上，挂空挡，换下一位。”

我们的对话到此为止。摩托车已经驶很远了。我开了十一分三十四秒钟。回到家中，我终于鼓起勇气给马丁写了电子邮件，请他向我描述一下父亲的死亡。

他没让我等。出现在屏幕上的不是词语，而是痛苦。马丁第一次在我的面前打开过去的大门。两年前，我曾经尝试过，问过他关于父母之间可怕的争吵，但是他没有回复我。他甚至没告诉我是否收到了我的信。他今天告诉我的事情印证了我的记忆。他也是一样，从来没有直接听到过——或者是不愿意听到——父亲的死讯。亡故，每个学年开始，我们在学校里填表，在“父亲的职业”一栏旁，我们习惯性地填上这个词：亡故。字母 D 开头的词，D，一个在一无所见的表面后隐藏了那么多问题的方程式。马丁在他给我的邮件里写，母亲只是告诉他罗杰伤得很重，然后就大哭起来。而这个说法给了他某种不太确切的，表面性的安慰，好像是说罗杰藏在什么地方。好像这只是某一个魔术骗局，某一天，满师之后，他就会再出现的。他会请我们吃饭。会骄傲地看着他的长子。

马丁是急救室的麻醉师，二十年了，他做的事情就是让人们睡着，再醒来。他已经在急救室工作了很久，让人变得勇敢的工作环境，对于一个在心灵深处一直等着爸爸回来的人来说，或许特别的好。在我们的故事中，有什么东西就凝固在这一点，公路边，或是乱成一团的床。那天哥哥在夜晚等待，他在医院当班。他在守候。躺在担架上不动弹的身体。露出来的一只手，到处是血的脸，但是这都只是些轻伤，不是吗？浅层的伤口？这个男人是棕色人种，头发很短，贴着头皮向后梳，他的心脏没有反应。除非奇迹，否则他再也不能活过来了。

奇迹，是不是要求太高？

马丁相信奇迹，永不言弃。那时候，在诺曼底，在他二楼的卧室里，当他朝着全世界呼喊时，他已经开始相信奇迹。马丁建过一座业余电台。天线沿着屋顶铺开来。我一直很欣赏他的技术能力、耐心和执着。经过走廊，大家都能听见他的声音：

“喂，切，这里是查理爸爸，切，我收到，五对五，切，您……”

如今，回到家后，我哥哥在因特网上继续着他的研究。技术一直在发展，而他的胃口却一直那么好。他花很多的时间在电脑屏幕前，建了好几个网站，其中一个是鞋子的网站，他在那里展出了自己的个人收藏，将各种各样关于鞋子的信息放在上面，合理的或是异乎寻常的。在那里可以找到关于鞋子的很多建议以及维护鞋子的各种用品的清单：刷皮衬条的小刷子，马鬃做的大刷子，擦鞋布，最好是旧床单或是淘汰的旧衬衫做的，因为这样的擦鞋布不吸蜡，同时也不会擦花皮上的纹路。

“如果真的有可以保养动物死皮的东西，”在稍下一点的位置，哥哥写道，“那就是鞋油。”

第二天，他从医院回家。我觉得自己和他非常接近，尽管我们之间交谈总会有些困难。我觉得我们是在从事同一种职业，只是形式不同。他的责任也许要比我的重许多，然而激发我们的信念都是同样的。有天晚上，我在改我一篇写催眠的小说的第一章，突然意识到了这一点，自此之后，这突如其来的感觉就一直挥之不去。为了清醒的写作，为了沉睡的写作，为了闭上眼睛的写作，通常，别人让我谈谈自己的工作时，萦绕在我脑际的就是这么几句话。我不知道哥哥读到这几行字会怎么想，但是我觉得，这也许是我们从幽灵父亲的双重人格中存活下来的唯一方式。他在我们身边的时候从来不曾真正地在场，离开我们的时候却又从来不曾真正地离开。一个特别的人，他的朋友说，他的朋友谈论他时，我在他们眼里读到的不是忧郁，而是光芒。

我一直在想，有一天，我是否也能分享这光芒。

我又想起了村里教堂附近的那块草地。想起了外公的面容，在父亲出了车祸之后看管我们的外公。他喊我“小肥妞”，所有人都觉得这样的称呼很正常。这样叫我一点也不让我觉得讨厌。牛圈里有“小白”，午后的田野里有“风笛”和“良家妇女”。对牛，我总是怀有别样的感情。我喜欢它们的味道。我一直在想它们是怎么把草变成牛奶的，把绿的变成白的，它们总是在安静的草地上度过它们的一天，一点也不觉得厌烦。

还有一个小时不到的时间，孩子们就该放学了。我趁这点空重新读了自己的笔记，我还找到米歇尔·德翁关于父亲的一篇文章。“也许我们终于可以相信他已经辞世。”车祸后一年，他写道。

然后，隔了几行，他又写道："然而，现在必须说服自己。那么长时间的不在场是无可挽回的。"

我在最后这句话下面画了记号线。我想把它发给马丁，但是有什么东西阻止我这样做。我怕伤害他。

十岁的那年冬天，我偶然间看到了父亲那张业已泛黄的遗嘱。遗嘱是打在一张纸上的。没有疑义。签名人将大部分书和收藏的武器赠送给了他的朋友。他把一辆车——红颜色的，他在上面确定道，写这份遗嘱时车是红颜色的——送给了一个我已经记不起名字来的女人。他的儿子马丁将得到他的大仲马全集，还有十九世纪出版的十七卷本拉鲁斯百科大辞典，同时，马丁还可以享有他作品的精神权利[1]，等到他有能力行使该权利的时候。而我，什么都没有。

我将纸揉成一团，很紧的一团，扔进了壁炉。纸球很难烧掉。我又用火钳将它推到炭火中。为什么

1　精神权利是用来保护作者的尊严和名誉，其中一般包括作者的发表权、署名权、完整权和改编权等。

父亲什么也没有留给我，没有一样东西，没有一点儿责任？我觉得这根本不可能，一定出了什么差错，是我错过了什么。我添了一块木柴。从小柳条筐里拿的。然后又添了一张纸。木头还没完全干，吐出一串小泡泡，就像口水。如果我不是罗杰·尼米埃的女儿呢？如果我是这个在《队报》的头版头条上飞翔着的撑杆跳高冠军的女儿呢？可能一切就有了解释。遗嘱的僵局，家里的争吵。那张报纸被贴在衣橱门上，我一直在想它究竟在上面干什么。照片上有题词，圆圆的字体，几乎称得上孩子气，题词的人名字里有个“i”，在圆点的位置还画了颗心。

撑杆跳高运动员，做一个撑杆跳高运动员的女儿，会怎么样？我不怀疑这个父亲还活着，这就让他和另一个父亲相比具有一种无可否认的优越性。然后问题又来了。我在想，如果他死了，我能继承他的什么呢？他的鞋子？他跳高用的杆？如果我真的拥有这些，我把它们放在哪里？我是不是只好生活在足有六米高的房子里？这些东西能拆开吗？是不是那种套管式的？如何运输呢？如何把它们带上飞机呢？

这些问题一直萦绕着我，直至假期结束。我很后悔烧了父亲的遗嘱。我害怕母亲会找不到。害怕要对她撒谎。

回到学校，我当然必须回去。重新换一个人。重新换了生活的刻度。从撑杆跳回到钢笔上。从玻璃纤维回到笔尖。我的爸爸不是一个高水平的运动员，而是一个**过早辞世**的作家，就像所有的人都能在辞典里读到的那样。只要把我们俩的照片并排放在一起便足以被说服。我们有相同的姓氏、相同的额头和相同的痛苦。即便我只有十岁，人们也能察觉到这一点。承认这一点。他们总是带着某种好奇心看我，认识他的那些人，在一个小女人的身上找到罗杰·尼米埃的轮廓。手势之中也有相似之处。女性版的尼米埃，这是前所未见的，他们也许从来不认为这会是真的。但是在十岁的时候，我不认识父亲的朋友们。他们从来不上家里来——直到我出版了自己的第一本小说，我才开始将他们当中的某些人和名字一一对上号，每隔一段时间，就会有人来告诉我他们当年和父亲的交往，就这样渐渐地建立起了父亲当年的核心圈子。一个谜一般的圈子，上面漂浮着同样是谜一般的标签——“**轻骑兵**”在我看来仿佛是属于另一个世纪的词，我在下面还会专门谈这个词的。父亲朋友的不在场也许能够解释为什么我会那么容易把我的梦想投射在一个撑杆跳高运动员身上。对这年的寒假，我一直保有幸福的记忆。我从来不曾在壁炉边待过那么长的时间。其他人都去散步了，可我仍然留在壁炉边，坐在火堆前做梦。这就是我为自己选择的父亲。一具被掷到空中的身体。一具田径运动员的身体，非常协调，上半身穿着一件紧身小背心，肌肉非常发达。一具杂技演员的身体，血管突出，细细的脚踝上套着非常熨帖的白色小袜子，那种非常安宁的小白袜，摆脱了这个危险姿势里所必然蕴含着的某种危险的意味。没有一丝褶皱，从这面看什么也没有，表面上没有一丁点缺陷。一个撑杆跳高运动员的阿喀琉斯之踵[1]，和我们看了照片所能想象的正相反，撑杆跳高运动员的致命弱点不是他的肩或者背，而是他的脚踝，或者也许是跟腱，就在他起跳的那一瞬间，就在起跑停下，杆插入那个小洞的瞬间，他的跟腱或他的脚

1　阿喀琉斯之踵，希腊神话中，阿喀琉斯身上唯一没被神水浸泡的地方，是他唯一的弱点。后来他在特洛伊战争中被人射中脚踵丧生。现在一般指致命弱点。

踝——或者也许两者都包括在内——必须承受几百公斤的重量。(你可以计算,哥哥对我解释说,这重量可以用一个公式来计算,$E=mc^2$,我们能够理解这种撞击力,比如说,如果你想试验一下你的鼻子是否有足够的抗力,你可以径直跑向墙,撞上去。)

我不知道自己是否忠实地传达了哥哥的解释,但是一切是这样的:承受重量的脚,撕裂的神经,碎裂的小骨头——一个冠军的事业终止于此。

我们又回到这里。重新拾起他的呼唤,就像重新拾起他的呼吸,一直停留在空中。想要下来真是枉费心思。想要超越命定的五米线却又是那么沉重,这是所有人都想超越的至高一点啊。一个凝在天与地之间的贡朵拉划手,只是没有了贡朵拉而已:在父亲决定放弃小说创作的时候,他还不到三十岁。而在《新文学》的调查上,他赫然入选“当代法国最优秀的十位小说家”,经过深思熟虑,他放弃了比赛。这个主意是他一位朋友给他出的,比他大四十岁的一位朋友。有几年,他们俩天天通信。朋友叫作布特罗,雅克·布特罗，大众知道的名字是雅克·夏多尔纳。“您是一位罕见的作家，”雅克对父亲说，“一个漂浮着的，罕见的作家。在您的文字里，我们就像是在一座没有椅子的博物馆里。总之，我是被深深震惊了。”

抢椅子游戏，可是没有椅子——只有音乐。抢椅子，有谁没玩过抢椅子的游戏？匆忙，尖叫，乐声骤然停止时那种混杂了激动和害怕的心情。你究竟要说什么？说说我的父亲，父亲的沉默。说说他死之前长长的夜。说说看着他孩子出生的这悬置的时间。好，我们还是说父亲吧。把撑杆跳高运动员和不在的椅子放在一边。不再让自己跑题。有一点还是不无关系的，雅克·夏多尔纳在说沉默的时候，他应该知道他在说什么。这位作家在初期的写作之后，经历了很长时间的枯竭时期，**“绝对的干涸”**，用他自己的话来说。在他给父亲写信的那段时间，这位作家也在问自己，是不是还会有书出来。他总是对愿意听他说的人说——而且是不无骄傲地说——在他影响下，罗杰·尼米埃隐居了十年。**隐居**，这是他选择的词。应当会有另一个尼米埃从中重生，他补充说。文学生涯很长很长。一个作家应当经历死亡与重生。

雅克·夏多尔纳也许错了？我的父亲死了，就我所知，他未能重生。

今天早晨，表姐给我寄了一篇关于达西尔·汉密特的专栏文章，很长，汉密特是美国侦探小说之父，《血腥的收获》和著名的《马耳他之鹰》的作者。表姐看到这篇文章时想起了我。想起了我正着手进行的工作。

从文章中我得知达西尔·汉密特有两个女儿，玛丽和约瑟芬妮。在他的信中，他称她们小细菌，小公主，小蠢姑娘。我也试图回忆起父亲在对我说话时所用的小小昵称。可是没有，很显然没有什么可以和这些称呼相提并论的。对于他来说，我是沉默女王，哦，多么诗意的绰号，可是却似乎在我的唇间留下了一种不太好的味道，一种混杂着铁和血的味道。在他的脑子里，我究竟是怎样的一个女王？在户籍登记簿上，他给我起的名字是玛丽和安托瓦奈特[1]。一个沉默女王，一个会被砍掉脑袋的女王……

文章剩下来的部分却非常奇怪，几乎是在说罗杰·尼米埃的人生历程。在他四十岁不到、正处在文学创作高峰期的时候，他放弃了写作。后来他从事什么职业呢？达西尔——他的真名是萨姆埃尔·哈密特——在父亲死后中断学业。那时他十四岁。我父亲呢？祖父病逝时他几岁？也是十四岁，不是吗？我应该核实一下。重新计算一下。在以某种确切的方式谈论父亲时，我总是没有把握——比如说他的生日，他出车祸的日子或是他一共出版了多少书。数字和我勾勒的父亲形象对不上。模模糊糊的形象，仿佛是在涂蜡的镜子上的倒影。在他飘浮的身体之上，只有关于面容的一个模模糊糊的概念。一张刻满了别人的话语的脸。一张我明白，却看不见，怎么也看不见的脸。

话语？赌气噘着的下唇，自下而上的目光，绿色的，多变的眼睛，奇怪的鸭舌帽，不太整齐的牙齿，还

1 玛丽·安托瓦奈特（Marie Antoinette，1755—1793），法国王后，国王路易十六之妻，大革命之后被判死刑。

有什么？

我却更容易回忆起祖父的样子，保罗·尼米埃，虽然我从来没有见过他。我只看过他的两张照片，在这两张照片上，他戴着同样的软软的帽子，整齐的小胡子，梳得像刷子一样，非常浓密。他很瘦，有点呆板。他看上去很善良。谦逊。仿佛别人经过楼梯时，他随时准备侧身避让一般。

很多作家童年丧父。过早的失去也许是一台小小的机器，交替生产写作与沉默？写作，是为了填补茫茫空白，然后是沉默，是为了求得原谅，因为偷了父亲的话语，因为将其占为己有？如果写作仅仅是私底下秘密进行的，一切都还好说，可是一旦有了一点声名，事情就变得复杂起来。在某种程度上，难道你不是骗取了人们对你的关注吗？你究竟是什么人，配得上那么多的赞扬？应该开张单子，把丧父的作家都列上。看看这些不再写作、远离写作的作家，看看他们之间是否有某种关联？但是不再写作的人还能叫作家吗？

不再写小说的人还能叫小说家吗？

答案再明显不过。很多书都讲了这个问题，关于文学上的放弃，对于某些人来说，这也许是一种艺术事业的至真至美。诚然，他仍然是作家，读者对他充满信心，但是对于事件的主要人物，那个在白纸面前枯竭的人，那个将白纸扔在一边的人，问题是用一种更为痛苦的方式提出来的。

是不是应该再列一张表，将无数“回归”的文学作品都列上？回归，也就是说，在某一本作品之后沉寂了很多年。

他重新开始，十次。做笔记。在夜晚醒来，灵光闪现，而第二天早晨，昨夜的灵光复又黯淡。他的朋友不敢问他进展到哪里，也许是出于体贴，不想伤他的感情。他们假装对他另外的工作感兴趣，渐渐的，他们还真的产生了兴趣。无论是电影还是报纸，都需要会构建话语的人。重心转移，世界坠入深渊：作家就这样死去，淹没在所谓应付文债的文字中。

我又想起了父亲，父亲的沉默。我想到他在念雅克·夏尔多纳的来信时所感受到的惶恐。我为他的沉默哭泣，正如我从来不曾为他的离去而哭泣。他如何能在二十九岁时做出这样的决定？要怎样对自己说呢？说没有天分？或者正相反，天分过剩，思想过剩，却没能有足够的别的什么？没有足够的成功？也许自己应该得龚古尔奖？说别人根本不懂阅读，不懂欣赏，说有太多的误解？说只有沉默才是消除误解的唯一方法？说所有的坐席都被占满了，被那些正经历着文学危机本身的人，被那些将文学危机拿来说事，拿来用作他们参选主题的人。父亲宣布中断写作的那年，罗兰·巴特[1]写了《写作的零度》，阿兰·罗布-格里耶[2]的《橡皮》也出版了。得去查查具体的日子，但是大体上如此，是的，橡皮，零度，就在父亲隐退之时。

罗杰·尼米埃对自己说了些什么呢？说自己错过了现代性这班车？

父亲继续工作，当然，必须挣钱养活自己。他写评论，写序，写文章，他做阅读卡片，写了一篇散文，还有几个剧本。除此之外还有信，每天，给朋友写大量的信。假如数数他的信纸，甚至可以说他从来没有写过那么多的字。他虚构了一些人物，因为没有把他们

1 罗兰·巴特（Roland Barthes，1919—1980），法国作家，文论家，散文家。

2 阿兰·罗布-格里耶（Alain Robbe-Grillet，1922— ），法国小说家，新小说著名代表人物。

放进故事里，最后由他自己来将这些人物一一演绎。别人都说他幽默诙谐——实际上他真的无法得到安慰。如果他周围有人让他重新审视一下自己的决定，他也许会听的。他也许能够感觉到自己坠落在别人的话语深渊里。也许他只要有一个读者，仅仅一个读者就已足够。我真的愿意成为那个能找到合适的话、让他重新恢复对小说的信心的女人。对于他来说，生活不是件随心所欲的事情，他需要一个思想丰盈的人在身边，我真的愿意成为那个人。然而似乎没有人以令他信服的方式扮演过这个角色。他的作家朋友都在等一本他也许根本不可能构建的作品，一方面他们害怕他枯竭，害怕他无能为力，害怕他就此停滞，然而他们还是尊重他的意愿。有时，尊重与冷漠、怯懦并无差别，撒旦的手套和拳击手套也并无差别。**退场**的尼米埃，重量级的尼米埃，体积过大的尼米埃。这下可轻松啦，可以给轻量级的腾出位置。

去年，《下午一点》的专栏曾经采访过登山运动员怀特·波纳迪（Walter Bonatti）。他才出了一本书，讲述他攀登葵山峰[1]的经过，他差点死在那里。他在电台宣称——在我看来这话却不该出自一个登山运动员之口——成功永远得不到原谅。我将这句话记在纸的一角，而直到现在我才理解了这句话。也许我的父亲也是因为上山太快才到这一步的？也许他是在嫉妒中窒息而死？这些自称是他朋友的人，才思枯竭的大师，过时的作家，有意识地无意识地都在嫉妒他？大家都对他这么说，对他不停地说，雅克·夏尔多纳为他打开了一道缺口，他的那些精神养父都是从这个缺口中沉下去的：您是一个早产的作家，您必须退后一步，让一切明晰起来，不要像那些过于年轻的天才，将泡泡越吹越大。要把笔放在一边，才能让它成熟。

这些话是男人说的，可是女人呢？女人怎么说？她们知道父亲喜欢引用的这句圣伯夫的话吗？这句话说得不错——“我们在某些地方风干变硬，在另一些地方腐烂；我们从来不能够成熟。”

是的，女人知道这句话，想要打断沉默的女人。她们经常抱怨罗杰的沉默。我的工作间里有一箱她

1 位于喜马拉雅山，有世界第二高原之称。

们写给他的信，她们都希望能收到他的正面回答，而不只是岔开去的玩笑。这些信共同勾勒了一个父亲那时所呈现的年轻男人的形象。几个月前，我第一次翻阅了这些信，有些神经质，有些焦虑，却并没有真正将这些信读进脑子里。这个箱子在伽里玛的地下室里寄存了很长时间。后来是放在哥哥家，放在他的床底下。很奇怪的陪伴。睡在由情书和悲书做成的床垫上。睡在这些写给已经不在世的父亲的信上。肯定在起床时会让人感到极度疲劳。

晚上，和孩子们在一起念《木偶奇遇记》。我们已经接近尾声了，木偶匹诺曹在鲸鱼的肚子里找到了盖比特。那位老木匠在一个狂风暴雨之日一不留神被鲸鱼吞下肚中，此时，他坐在桌旁，蜡烛的光摇曳着，照耀着他。他的脚浸在黏糊糊的水里刨木头，嘴里嚼着小鱼儿，有时，鱼会从他的嘴边漏出来。

认出自己的父亲之后，匹诺曹实在太吃惊，以至于话都说不出来。他混乱极了，结结巴巴地吐出一些毫无意义的话语碎片。直到最后，他才算真的说出话来：

“哦，我的小爸爸，我终于找到你了。现在，我再也不离开你了，永远不，永远不！”

永远不，永远不，念着这几个词的时候，我的声音哽咽了。孩子们用手肘推推我。他们不喜欢我在念书的时候停下来。他们想要知道后来怎么样了。父亲紧紧抱住匹诺曹。他们会彼此这么拥抱着一起淹死吗？

是孩子们睡觉的时候了，也是我该回到书桌前的时候。埃利奥请求道：再念一页，你不能拒绝我们。莫尔兰则一边拱我，一边学动物叫。我重新拿起书，一页，再一页。盖比特不会游泳。我父亲也不会游泳。他怕水。害怕大海，就像我们害怕空茫，对于自己是布列塔尼人，他感到非常骄傲，以至于他还自己捏造说先祖做过海盗，想以此来忘却在巴黎度过的童年。我，我游泳游得很好，而且我喜欢游泳，但是我一直都拿不到驾照，弗兰克不在，孩子们就只能骑车去游泳馆，每当这样的时刻，他们总是噘着小嘴，显出很不满意的样子。

故事在继续。面对危险，匹诺曹重又变得聪明起来。他准备把爸爸背在背上对付一切危难。他尽量不让自己被外面咆哮的狂风吓倒。我真希望能有他的力量、他的决心。至今为止我却仍然处在前一个阶段，还在寻找词语的前阶段。只能吐出话语碎片的阶段。你不相信我的话吗？有一天，我可以把我的草稿拿给你看，最初的“喷溅”，就像人们喜欢说的那样，仍然停留在暗喻的河流里，看了我的草稿，你就会明白我艰难地在指认的道路上跋涉时，内心有多么混乱。现在当然已经简单很多，在印成铅字的句子面前。没有杠杠也没有注解。文本流淌着，仿佛从来如此。这样也许更好。人们不愿意看工作的过程。人们不愿意看装腔作势。不愿意知道，其实，在“装腔作势”这个词之前，我写的是“悔恨”，而在“悔恨”前面，我还用过“忏悔”。而我觉得“忏悔”这个词很不错，同时包含“后悔”和“改正”的意思。

我的电脑发出一阵奇怪的响声，仿佛是在咬牙切齿。是骨头发出的那种响声，骨骼翻转时的声音，它们不喜欢受到骚扰。还原一个死人的生活，这是对其不朽事业的质疑。我又想起了匹诺曹，他那小小的身子背着父亲穿越鲸鱼肚腹。他们站在魔鬼的舌头上，三排牙齿之后。魔鬼的舌头……这个也可以拿来做题目，我可以把它写在衬衫背后。

我听见莫尔兰踩在走廊方砖上细碎的脚步声。他起床去洗手间。他的脑袋在我的工作间门口一闪而过，我挥挥手，和他打了个招呼。他对我说：工作愉快，妈妈，祝你睡得好，明天见。然后他又踮着脚尖离开了。

子夜时分，我的电脑安静下来。它吱吱嘎嘎响了足足两个小时，然后突然停下来。我在想，是不是在家庭发展史上，无论在哪个阶段，父亲都扮演着魔鬼的角色。我在想是不是有些人能够逃脱这魔咒。我很希望有人能和我讲述一下，双亲都在的生活是什么样的。十三岁时的父亲，十九岁时的父亲，三十八岁时的父亲。不再是年轻男子的父亲。一个总是比你要老的父亲。我不能想这个问题。我想象不出。一个爸爸，就像在我和女友才看的那部俄罗斯电影里一样，对儿子说："我给你两分钟，请你吃完你的汤和面包。"一个玩飞机的父亲。一个不再让人等待的父亲。还有一个什么样的父亲？

我又去了孩子们的卧室。埃利奥睡得很沉，紧紧挨着他的长毛绒玩具。莫尔兰把被子推在一边，将鸭绒的脚毯拉了上来。他喜欢羽毛的气味。画册摊在他的床头柜上，仍然翻在我们讲到的那一页。能看见盖比特掼奶油一般的头发，一条小鱼儿从他嘴边漏出来。造物的神秘之处。父性的神秘之处。父亲究竟是怎么回事？如何做成的？什么质料？涤纶？天鹅绒？玻璃纸？他的袜子是怎样的？他的膝盖？他的裤子怎样垂下来？他把汽车钥匙放在哪里？还有饭店的发票，它们在哪里？爸爸，这声音究竟是什么，这彼此相连的两声否定，这远远传来的叫声？直至此时为止，我仍然是在孤军奋战，就着手边这一点点东西，但是我知道，像匹诺曹说的这一类话（“哦，我的小爸爸，我再也不离开你了，永远不，永远不！”）远远要比理性之语更令我难过。我垂下眼睛，为一种需要好几个小时才能消散的激情所折磨。一种可怕的，无效的恐惧感，每次别人对我谈起罗杰·尼米埃时我都能体会到的恐惧感。

我经常在鲁昂到巴黎的列车上写作。这是一条适宜胡思乱想的路线。一个星期我要来回几趟，我已经习惯了这趟车，就好像在自己家里一样。很多人在车上睡觉，尤其是回程时，而我，我总是涂满了一张又一张纸，但是我很少再去读它们。这些纸张更多是在填补我的空白，而不是给予我灵感，它们属于某个确定的时刻，在确定的时间段里。然而，我在这其中的一张纸上找到了一些不应当完全搁置在一边的笔记。我不记得自己曾经写过这些话。比如说：罗杰·尼米埃奉行魔鬼文化观，他有非凡的工作能力、贪得无厌的胃口和负荷过重的心脏。

或者还有这个：罗杰·尼米埃，对于我当时那样一个小姑娘来说，是一个危险的男人。外在的危险。

"外在的",这个词下面画了着重线。然后,它又被画掉了。

到这里,你应当立刻开始叙述,不要等,否则你永远也不会说了:你应该说到客厅里被开膛破肚的沙发,嫉妒的发作,威胁,翻倒的,差点把书房烧了的蜡烛——就像盖比特的蜡烛。

你应该说到他收藏的锡兵,置于书前的武器,瞄准你哥哥额头的手枪——那时我还没有出生,这件事是母亲去年告诉我的,她全都直言不讳地说了出来,坐在浅色木地板上,仿佛独白一样,将我置于无声的境地,我那么感激她,感激她终于有勇气打破沉默。

这就是事情的真相。或者说:这就是母亲向我陈述的。马丁躺在他的摇篮里,摇篮放在他们俩的床前头。我父亲从他枕头底下摸出一把枪,抵在儿子的额头上。马丁没有哭。不,不是因为他哭,父亲才做出这个可怕的举动。即便他哭了——你说这样的话,说"即便他哭了"这样的话真是愚蠢,不是吗?

表达柔情,我父亲有很奇怪的方式。

强调自己感情的很奇怪的方式,在母亲的脖子上,几年之后,仍然还可以看见两侧气管边的指印……大约几点钟？卫生间有扇小窗，朝向楼梯间。我试着想要看见父亲，想象他的样子，但是再一次，浮现在脑海里的只是词语。父亲将大门“砰”的一声关上。父亲沿墙滑过的身影，他坐在楼梯平台上，将脑袋埋在手中。我很希望能够安慰他。我总是能替他找到理由。还有那个肩头套一件衣服、迈着极为小心翼翼的步子下楼的父亲。我们那时住在五楼，没有电梯。失去平衡的父亲。他沉重的身子倒在地上，我母亲赶紧冲向他，试着把他扶起来，将他拖到家里，我走出卫生间，这一次我想帮帮他，你知道，我希望自己能够起点作用，但是父亲看见了我，我不知道他咕哝了句什么，他称呼我什么，我不想知道。第二天，进门的地方还能闻得到一股刺鼻的味道。

要知道，父亲经常喝多。想想看，一个小女孩儿面对着一个醉醺醺的男人，她可无力抗衡，哪怕那是一个大作家，当代最杰出的十大作家之一。我不想叙述细节，不仅仅是出于尊敬，或是羞愧，而是因为我父亲和他的朋友已经有那么多轰轰烈烈的传闻，这些也只能是再为那个让我有些难过的传奇添上一份色彩罢了。我想说些小事情。不能够用两个字来总结的小事情，手里拿着杯子，站在某个特殊小旅馆的花园里，听完了就用两个字来表示感叹。不那么智慧，不那么具有象征性，不那么光彩照人的小事情，人们听完了不可能感叹说“真是与众不同的人哪”的小事情。

也不可能感叹说：“这就是他。”

在文学杂志专栏里找不到一席之地的小事情。不能让人越吹越大——就像他朋友喜欢说的那样——的小事情。我想起了塑料鸡蛋。首先想到了这件一点也没有什么让人激动的地方的小事，塑料鸡蛋。

那么，你要说什么呢？

那天只有我和他两个人在巴黎的家里——不，不完全是只有我们俩，还有一个负责照看我的年轻姑娘。我觉得她似乎是叫西尔维亚，我已经不能够确定，最近我听到别人谈起小时候照看我们的某个西尔维亚。原籍普瓦提埃的西尔维亚。

家里其他人都到哪里去了呢？

他们都在很远的地方，离开了，不在。我看见自己重新站在放玩具的那只浅色的木头橱子前。在最下面的抽屉里放的是扮家家用的晚餐食物，而就在上面的一个抽屉里，放着小盘小碗小杯子。父亲没有吃中饭，他一直坐在位于客厅两扇窗之间的办公桌边。他应该饿了。我突然想到为他准备些吃的。塑料鸡蛋就是这么出现的。鸡蛋落在盘子中央，蛋黄很黄，周围配以蛋白，还有一摊胶合在一起的青豌豆作为补充。剩下差不多就是我猜的了，而不是真正的记忆里的东西，因为不久前，我的孩子才做过类似的事情：从厨房里拿来了一只托盘，上面放好了餐具，在餐具的中央系了块抹布，然后端着托盘，全神贯注地穿过房子，怕弄翻托盘里的东西。从厨房开始，要穿过走廊，浴室，大门，最后才能到达父母的房间，他们的房间有两扇玻璃门。房间里坐着我的父亲，背朝着我。我看了一眼我的东西，一切都放在它们该在的位置上。我深吸了一口气，在父亲身边停下脚步。

你看见了什么？

我看见了一堆东西。一个被塞满了东西的平行六面体，到处都是纸头，书，挂在一截半圆形的木头上的吸墨水纸，一个有些像外婆用的切菜板的塞子——我一直在想父亲出事以后这些东西都上哪里去了。我看着父亲的笔尖在纸头上继续着，好像什么也没有发生一样，笔尖在纸上画出种种难以理解的符号。最后，我觉得是过了很长很长时间之后，笔尖终于停了下来。

“还有什么事？”父亲喑哑着嗓子问。

我看着自己的脚，脚下是一块深红色的毡子，在接头的地方已经有些坏了。

“还有什么事！”他重复道，提高了声音。

父亲不经常像今天一样待在家里，一整天都待在他的书桌边，通常，他在办公室。爸爸在哪里？在办公室。爸爸已经走了吗？是的，他已经去办公室了。爸爸在办公室吗？是的，我想他应该在办公室。在我很小的时候，这是在谈论父亲时，我最经常听到的词。“办公室”。

我把托盘放在书边。为什么他不假装吃了呢？在街心公园里，在海滩上，当孩子们烹调了树皮草根和烟头，放在水泥台子上，大人必须品尝我们准备的食物。这是家庭契约上写好的，就像和长毛绒动物对话，在睡觉前念故事一样，都是家庭契约的一部分。也许父亲不知道。或者他讨厌这一类的仪式，然而他在开玩笑和表演方面却是非常闻名的呀。圣诞节，他不是装成主人的司机去找安托万·布隆旦的吗？但是和我，他的女儿在一起，事情就不一样了。我不属于他的圈子。我不是男孩儿。我们不在一起玩。我打扰了他，好吧，我应该把这些“东西”推开，就像他颇为恼怒地重复的一样，我的“东西”妨碍了他。现在不是睡午觉的时候了吗？那年轻女孩儿在哪里？

正好西尔维亚来找我——她站在房间门口，不敢进来，她必须得到命令才能够进来。父亲却突然变得柔和起来。他对西尔维亚说，她可以进来，他不会吃了她的，然后他握起我的手，在掌心轻轻亲了一下。我把手指合拢。我是世界上最幸福的小女孩。

几个小时以后，我睡完午觉，发现托盘回到了厨房里。可是托盘里的东西呢？客厅的两扇门大敞着。父亲的椅子上没有人。我小心翼翼往前走去，好像害怕看到他突然出现在窗帘后面一样。不，我父亲不会和我玩这样的恶作剧的，太美的恶作剧。他不见了。出去了。我打断了他的工作，我是一个坏姑娘，只是一个让他尴尬的坏家伙。父亲再也写不出什么也都怨我。就因为我们，我们这些孩子，他才离开家，即使在家也只躲在这间六楼的神秘的房间里。

我在他的字纸篓里找到了我的塑料盘子，在一堆草稿纸和啤酒瓶中间。鸡蛋还在桌上。他用来做了烟灰缸。蛋黄上插着一个烟头，烫出一个塑料洞。

最近我才知道，父亲很少抽烟。

去年我一直在噩梦里挣扎，就在病倒前，我曾经给同母异父的那个哥哥写过信，问他对每次回到巴黎之后的事情还有没有什么印象——这一次我问的不是车祸后的事情，而是更早一些，他离开圣-盖-波特里厄回到巴黎所看见听见的。他的记忆里有那些争吵吗？有那些我曾经经历过的场面吗？那些或许能够解释我近来的噩梦的场面？那些也许被我记忆抹去的事件——我现在想，仿佛我所储存的记忆不足以证实这些纠缠我的画面是否真实存在。

于格的回复令我震惊。我觉得他离我那么近。自从上次在拉罗歇尔谈完之后，我们再也没有说过话。迟到的倾诉撞在过于厚实的城墙上，一次谈话又如何能够使之消散。直到那时我们都必须活下去，我们都已经尽了自己所能，堵死那扇朝向空茫的窗子，撑着这里，堵着那里，唯恐光线太过刺目。在回复我关于噩梦的信里，他说，他那时从来不曾有过属于这个家庭的感觉，不曾感觉到他是属于这个家庭里的兄弟姊妹——从来不曾像电视上那样，有过或许能够沉淀这种一体感的强烈的时刻，强烈的感情。更多是一种被麻醉的感觉，在谈到那段日子时，这个词突然出现在他的脑海中：**麻醉**。他说起他仿佛觉得是让母亲和一个幕后的同谋犯相遇了，一种只属于神话的，有距离感的，头顶光环的英雄，他谈起了这个人的幽默（另一种制造距离的方式），然而他也谈到了——这一点让我深为感动，在我的梦中，父亲从来都是以最为危险的形象出现的，而于格所说的让我得到了安慰——在他眼里的罗杰的慈爱。罗杰真的在他身上花过时间，教他玩牌，和他讲大盗亚森·罗平的故事，和他谈跑车。他还记得浴室里的水，是的，父亲从办公室，从伽里玛的办公室回来，或者从别的什么地方回来——我又能知道点什么呢——他总是会洗个澡。

不幸？也许吧，但是他们都不声张，我哥哥接着写，声音被捂在了脱脂棉的棉塞里一般：我们的母亲在午夜时分会哭泣着冲向最里面的房间，我和马丁的房间；唇齿之间挤出来的咒骂，声音如此之低，以至于我们都在怀疑是不是真的听到这声音，还有他第一个弟弟的死讯，纪尧姆，而对他来说，这也显得非常遥远了。

纪尧姆？他的来临促成了我们的父母的婚事。或者换一个不那么单纯的方式来说：我母亲怀孕了，我父亲于是娶了她，然后走下市政府的楼梯就抛下了她，任她一个人挺着个大肚子。

纪尧姆过了预产期才出生。他非常大。两天之后他就悲剧性地消失于人世，我父亲这才回到了濒临死亡的母亲身边。

我最近才知道父亲有个哥哥也是这样死的，出生不久就死了。只要父亲的妈妈把这事告诉我的妈妈，也许纪尧姆就有可能得救。也许必须要接受一种特别的治疗，监护整个妊娠过程，总之是要对这种遗传性状所带来的危险有足够的认识。在这件事情上，沉默的腐朽法则也高高在上。也许不。不应该谈论纪尧姆。应该先谈活下来的人。也许应该说，我，包括我哥哥马丁在内的我们，我们都是在“伟大爱情的结晶”这样的概念里长大的。这是我母亲谈起过去时，不断重复使用的一个词组——“伟大爱情的结晶”。直到二十五岁，我才知道父亲出车祸的时候，他们正准备离婚。是一个朋友告诉我的。母亲要求分居，从归入卷宗的文件来看，分居的要求毫无争议地得到了许可。母亲脖子上留下的那些瘀青，应该在警察局的某份卷宗里有记录，她还曾经试图自杀（你也应该谈谈这件事，故事便加快了进程），也许还有别的什么我永远不会知道的事情。母亲害怕她的丈夫，她想保护我们不受他的伤害。他不是曾经威胁过她好几次——而且有人作证——说要把我们带走，因为她照顾不好我们？

也许，也是为了保护我们，母亲才重建了这个故事，按照她所希望提供给孩子们的生活的样式，将我们带离一切会打碎理想配偶形象的东西。我不恨她。我就是这么一个女孩儿，一个结局不好的童话故事里的女孩儿。我喜欢做这个伟大爱情的结晶。母亲说的都是真话，不是吗，这位勇敢地将三个孩子单独抚养成人的母亲，她还能有别的选择吗？她总是站得笔直，光彩夺目。因此，一切都是我的梦。大喊大叫，电话里所讲述的故事，拳脚和眼泪：这一切都只是我的胡言乱语。这样也许更好。回到这个事情上来，我们可以说，我终于理清了头绪。我父亲自然不是一个容易相处的人，但是他也许从来不曾碰过孩子们一根头发。或许头发是碰过的，然而其余部分呢？对在最初的日子里所建立的这些脆弱的东西？对这踮起脚尖，将塑料鸡蛋递给他，渴望温情的身体？在我最近的一个噩梦中，有一位戴着面具的男子将我紧紧地抱在他的怀里。我说他戴着面具，可这并不是真的，他的轮廓并没有被面具遮挡住：不，他没有轮廓，甚至连鼻子、嘴巴的大致轮廓都没有，而梦中，却是我叫不出来。我用尽肺部的力量吐出这些词，但是发不出声音。这张脸我认识，但是我说不出来。永远是像玻璃一般碎裂的骨头，四分五裂的骨骼。总是那样在梦中惊醒，直至有一夜，男人得到了命名，是刻在一间小店铺的门楣上的两个大写的辅音字母。店标上两个非常清晰的辅音字母，P 和 R，父亲（Père）这个词当中的两个辅音字母，两个字母间有一个连接符。

我的生活中究竟发生了什么，使得我的梦终于有了结局？得到命名的男人不再让我感到害怕。我能够走进小店，碰响门口的铃铛，甚至可以和小店的主人说上几句话，小店主人是吉拉尔·德帕迪厄[1]的模样，穿了一身白，也许像个医生，是的，我觉得分明是德帕迪厄，穿着一件夹克衫，口袋里揣着注射器，脖子上还挂着什么东西，应该是听诊器吧，或是一个巨大的阳具（就像我在前一本小说中写到的那样）。如果不是阳具，则是脐带，很长很长的脐带，绕在他的肩头，就像是手工编织的一条披肩一般。这间带有P-R神谕标记的小店卖的是相册，相框，招贴，海报和所有用来陈列、分类摆放照片的小玩意儿。

就我所知，没有留下任何父亲和我们——他的孩子们——在一起的画面。没有留下一张结婚照片。也没有生日时拍的照片。没有我们受洗时的照片，而我们都参加了受洗仪式。什么都没有。有一天母亲说罗杰将装有家庭档案的箱子烧掉了。但是我之所以会做这样的梦，也许是因为就在事隔十几年后我和母亲提到她说的这件事时，母亲对我说不，什么也不曾被毁掉，不论是有意的还是无意的。我们的父亲害

1　吉拉尔·德帕迪厄（Gérard Depardieu），法国著名演员。

怕拍照，就是这样而已。

害怕拍照？然而他却有很多照片在外流传：卡提埃-布莱森[1]温和视角下的罗杰·尼米埃，和他的猫在一起，在佩莱尔林荫大道上，站在一辆白色劳斯莱斯打开的车门旁百无聊赖的罗杰·尼米埃；更年轻一点，还穿着水手领衣服，戴着贝雷帽或者没戴贝雷帽的罗杰·尼米埃，照片上，我们可以注意到他右脚的凉鞋里有只袜子，左脚却光着，注意到他尖尖的门牙；再或是这张，穿着短裤，站在巴斯德中学的院子里，戴着汽车司机鸭舌帽的罗杰·尼米埃；戴着志愿兵橄榄帽，在照片上显得如此英俊的罗杰·尼米埃；罗杰·尼米埃和他的办公桌、打字机和酚醛电话；罗杰·尼米埃和这个人，那个人，和许许多多名人在一起的照片，路易·儒韦，让娜·莫罗，埃里克·冯·施特罗姆[2]，还有那位活泼美丽的意大利女演员，她叫什么来着，不，不能如此简洁地说父亲不喜欢拍照，也许得说得明确一点，哪怕痛苦，也要承认这确定无疑的事实：他不喜欢和孩子们一起拍照。在这件事情上也是一样，

1 卡提埃-布莱森（Cartier-Bresson），法国著名摄影师。

2 路易·儒韦（Louis Jouvet），法国著名导演、演员；让娜·莫罗（Jeanne Moreau），法国著名演员；埃里克·冯·施特罗姆（Eric Von Stroheim），德国著名导演、演员。

我们打扰了他。一个轻骑兵竟然和穿着连衫裤、拽着他靴子的小东西在一起，这显得很不合适。一位和他很熟的女士说过这样一件事：有一天，他从钱包里抽钞票的时候，不小心将户口簿卡掉在地上。他很快捡了起来，满脸通红。他觉得羞耻。我们让他觉得羞耻。还有这封在我出生一年以后寄给雅克·夏尔多纳的信。“在我的生活里，”父亲写道，“只见到生命的种种蠢事，从办公室到托儿所，繁重的工作，孩子的叫声，除此之外什么也没有，一切都是那么令人绝望，毫无快乐可言。”

我们能够理解，他不希望将“这个”固定在相片纸上。“这个”：叫声，襁褓，经济上的压力。还有另外一篇关于婚姻的可怕文章，打出来的两页纸，这两页纸所透出的暴风雨的意味可以与世界上所有开膛破肚的沙发相抵。我应该找到这两页纸。很久以前，母亲给了我一份复印件。这对于她来说是非常勇敢的，她应该是尝试了好几次，试图打破她在我们童年时所建构起来的理想配偶的形象，但是也许我还没能准备好接受这样的礼物。沉默是大家一致默许、彼此接受的合约。一方闭上嘴巴，另一方塞住耳朵。仅仅是前者决定开口说话还不够，后者未必会听。母亲把那篇文章给我的时候，我已经写了四五年的东西。出版了两部小说。在仔细阅读之后，我记得自己对母亲解释说，不能按照字面意义来理解这些话，说这些话仍然只是一种花边新闻，只在这层意义上与她相关，与我们相关。说作家就是这样的，他们总是从事实中的某一点出发，将之发挥到极致。说我父亲被词语拖着跑，说很快这些词就超过了他的真实所想。在下这些判断时我很为自己感到骄傲，仿佛作为一个年轻的小说家，我能够理解一些东西，一些母亲在她丈夫的作品中所理解不到的东西。在那个时候，还缺少一点什么，能够让我接受，我的父亲完完全全就在这文字后面。

我从堆着档案箱的壁橱里取出一只橘红色的袋子，里面装的都是和罗杰·尼米埃相关的纸头。没有关于婚姻的文章。有几篇文章，一张他的作品被译成俄文的通知，印数10万册，版税2 000法郎，与出版商平分。还有一张借给国立图书馆举办《蓝色轻骑兵》专栏讨论会时用的稿件和信件的清单。有一份他为朋友让·纳穆尔写的题词，在题词中他宣称（一个好消息）所有NRF系列[1]的小说家死后都将进入天堂，这是加斯顿·伽里玛与个人名义的圣-皮埃尔之间签订的合同。我觉得自己在远离这一切——自从翻开父亲的档案以来我一直有这样的感觉。我觉得自己没有什么好说的。这种尝试是徒劳，也许我应该放弃。

1 NRF是伽里玛出版社的法国新小说系列丛书。

重新回到我的阅读之中。

此时，我正在读伊莎朵拉·邓肯的《我的一生》。对于这个杰出的女人，我们都记得一些什么？记得她围在脖子上的长长的披肩。那条在英国人散步大道[1]上卷入敞篷车车轮的披肩。一条引起她死亡的长长的披肩。人们会不会只记得她有三个孩子？而其中的两个溺水身亡？那是在波顿大道上，一辆大房车刹车失灵，两个孩子在这辆大房车里溺水身亡。车子冲进了塞纳河，没有人能够阻挡。而她的第三个孩子在出生时就死了。买下伊莎朵拉这本书的时候，我对此还一无所知。除了她的声名之外，我对她的事情一无所知。我欣赏这个女人的自由和勇气。在我还是小女孩的时候，我见过她赤着脚在海滩上舞蹈。现在，我想象着那辆大房车慢慢地坠入塞纳河，关在车里的孩子在敲玻璃窗。水面上泛起气泡，那是他们的叫声。在得知这一切之后你又如何还能学驾驶呢。脑子里全是这样的场面。源自现实的场面，再加上所有在小说中、电影中特有的剪辑拼贴的画面。不过，从这个月开始，我又重新开始学驾驶。换了个教练，这

1 英国人散步大道，是法国尼斯的著名海滨大道。

次的这个不会咬指甲，但是他会经常试验安全带的弹性。他的声音很温和，我很喜欢他须后水的味道。他已经向我重复了三遍，对我说在进入环岛前不要减速。这个地区到处都是环岛。我觉得环岛很难对付。指令到腰间便停下了。到不了我的双腿。我的眼睛在说：必须过去，再说一个人也没有，但是我的脚却一意孤行。我永远也学不会开车。啊，不，我会学会的，我本来就会，只是实践的问题，只需要锻炼。去年春天，我才在驾校注册完，一辆警车开进了我家旁边的一条河里。车子开得太快了。在转弯时失控。崭新的河栏上系了一束花。孩子们每天上学时正好都要从旁边经过。他们要穿过桥去学校。一位警察被淹死了，他的同事没能及时把他从车里弄出来。我从窗户望出去，看见他的同事在试着抢救他。我很快下楼，想看看我能帮上点什么忙——他们只是让我走开一点。在这件事上也是一样，没有人知道是否驾车的人喝了酒，没有人知道为什么车会开得那么快。他也没在追任何人，而且他很熟悉经常走的这条道。我想起了父亲。想起了桑西亚蕾。想起了伊莎朵拉·邓肯的两个孩子。想起了我的舅舅，妈妈的兄弟，他也是在很年轻的时候驾车自杀的。当时他的女儿，我的表妹，只有十八个月。噩梦，总是同样的噩梦。仿佛在原地转圈。想要停下一切。书，还有驾驶课。想要把这一切都放在一边，吱嘎作响的笔尖，幼稚的恐惧，脆弱手腕上的利刃。想要请假，毡垫，打蜡的地板。可以悄无声息地滑过。没有一丝起伏，没有任何问题。没有根，没有任何缠绕。只有镜子在无法逃避地融化着。可以想象故事就这样消失了，仿佛在魔术岩板上，小尺滑过，条纹和痕迹荡然无存，故事消失，让人相信此时，生活能够平静继续。步态变了，身体从重力中释放出来。我们会想起荷兰的挤奶工，她们溜冰送货，肩上挑着两个奶桶。冰上的牛奶，白色之上的白色……

今天早晨，孩子们穿上冬衣去了学校，他们会觉得暖和的。今天晚上，我们就可以结束《木偶奇遇记》的阅读。

人们总是问我关于遗传的问题，让我实话实说，其实就是问我是否存在写作的基因。每年都是同样的事情。就像是减肥课程或是管理人员加工资，血统的威力也季节性地呈现。

我们在圣-拉萨尔火车站附近的一间咖啡馆里，二楼。他穿着土黄色的“马球”牛仔带扣衬衫，短条纹。职业：记者。外套？没有外套。腰间系着一件蓝色横条纹的羊毛衫。我穿着平底鞋，黑裙子，翻领上衣。我小心翼翼地看着时间，这是在两班车之间——我必须回诺曼底去接孩子放学。他是罗杰·尼米埃的崇拜者。我面带礼貌的微笑。桌上放着一台小小的录音机，录音机在转，他焦虑地望着它。他的声音很轻，勉勉强强能够震亮录音机上的红色感应线。问题一个接一个地展开。我是不是一直在演奏自然音阶的手风琴，我是不是不用电脑写作，早晨，下午，晚上分别怎么样，我是不是有护身符，我是不是有什么习惯（我是不是喝酒，是不是抽烟，是不是吃零食），还有其他一些似乎和我们今天坐到一起要谈论的主题无关的事情，接着我们就进入正菜了，所有先前的问题都只是建立合约的一种方式，也许，一种谈话的热身。他问我，关于父亲，我还记得些什么。对于这类问题，我回答不了。或者即便我回答了这类问题，也都是从上面绕过去的，踩在高跷上绕过去。我谈到了记忆中重叠的这两个形象，就好像是因为自己记忆的错误，使得他们分辨不清：一面是文人的公众形象，过早的消失成了这个形象的神圣伤口；而另一面则是完全个人的感觉，一个总是不明白周围究竟发生了什么事情的小女孩的感觉。

记者希望我展开。我用其他的词语重复同样的事情，记者于是喜形于色：一面是家庭生活，另一面是充满阳刚之气的友谊和谜团。如何让这两个形象并存呢？

作为回答，服务生过来收拾东西——他已经结束了他的服务。记者用适中的声音重新开口道：收拾一下。

他在对谁说？收拾一下，是的，这是一个很恰当的词，不是并存的问题，而是收拾，清理肚子里的东西。我已经无法集中精力回答下面的问题。我的目光游离开去，随便抓住一点什么便停下来，我想要逃避。比如这个坐在后面，正恢复清醒，用力按着两侧鼻翼，仿佛要将鼻子抹去一般的女人。或者那个在读星相书的女人，再或是那个高高兴兴啜饮着球形杯子里白色液体的女人。

“您怀念父亲还活着的那段时光吗？那段日子？”

不，没有怀念，或者说，我怀念的是并不存在的过去。加利西亚人[1]有一个词专门就是指这个的，la morriňa，我想谈谈这个词，la morriňa，但是，街上传来的声音打断了我。

“凶手，凶手，凶手！”

一个男人在叫。他的重音落在第一个音节上，好像在叫卖一般。我仿佛回到了家中，站在窗前，向演奏手摇风琴的艺人扔硬币，硬币被包在我才匆匆忙忙

1　加利西亚人，西班牙少数民族。

从作业本上撕下的一张纸里。演奏了一些片断后，猴子便在那里鼓掌。艺人用一条链子将猴子拴在乐器上，猴子手上的篮子盖着块花布，从上面望下去，很像我的被罩。我很想在家养只小动物。自从我的小仓鼠从五楼跳下去之后，妈妈总是一拖再拖，不带我去河边再买一只。我的小仓鼠叫“终于”。我最好的一位朋友也养了两只小仓鼠，分别叫“简单”和“走过”。小仓鼠的死让我无法承受。应该是于格没有关上楼梯平台的门。但是为什么“终于”会不在它的笼子里呢？我已经不知道是怎么回事了。它的嘴边有一摊血，很奇怪，仿佛天鹅绒一般，仿佛那种在母亲节送礼物时，贴在首饰盒上的维多利亚装饰。凶手，凶手！服务生把找回的零钱拿来了。他朝大街上看了一眼。

“是个疯子，”他解释道，“通常他来得更早一些。”

疯子已经成为风景的一部分，他接近于透明。记者却有些混乱，就在不久前，一小绺头发掉进他眼睛里，因为他经常把手放在头发上，或是做一个轻快的动作，将头往一侧一甩，仿佛在示意说，“我们走吧？”，但是我们没有走，我们留在那里，相对坐着。他不知道自己还要问我些什么：他做了个小小的动作，把那小绺幽灵一般的头发弄回去，然后便重新控制了局面。他提了一些关于我母亲的问题。还有我的童年。他想象着我被父亲的朋友们围在中间，他们都弯下腰和我说话，就像一个个慈爱的叔叔。他很惊讶他们没有出现在我的生活中，很惊讶于这个例外，他不明白为什么他们没能更亲近我们，孩子们，罗杰亲爱的孩子们。我觉得他第一次真正地在看我。他突然转换了话题。他对我说，我有一双不可思议的蓝眼睛，此时，在这样的光线中。

他继续说，他很少看见这样的眼睛，怎么说呢，如此之蓝的眼睛。

我垂下眼睑，于是插入的话题结束，他又重新找回他的职业音色，尽量避免和我对视地问：

"您的书桌上有什么属于他的东西吗？"

我谈到了此时在我抽屉里的水笔。不，我不用它，这支笔的笔尖已经歪了，偏在右边。偏在右边，很偏，记者微笑着记录下来，接着他说采访结束了。他说，他觉得我的回答非常特别，他很高兴和我见面，希望我们还有机会再见。他说他正在写一组歌词作家的文章。在放好他的录音机时，他在包里找寻着什么。

他翻出了一册《多米诺》,让我题上几句话送给他妹妹,他说他妹妹读书很多。他告诉了我妹妹的名字,克莱尔,是的,克莱尔,很简洁的名字,他说她会很高兴的。真是奇怪,这种为陌生人题词的习惯,用名字来称呼他们,仿佛共享一个文本就可以让我们略过交往的许多阶段,不用中转,就直接进入彼此熟稔的世界。或者说是用孩子的那种方式,也许,再或者,从更世俗一点的角度上来说,在拼姓氏时遇到这样或者那样的困难时,这也是一种逃避的方法。尼米埃,是的,我拼给你听,N,Nadine的N,然后是一个i,然后是m,Marie的m。我不知道重复了多少次,在课堂上,在电话里,在医生那里。

啊,尼米埃,和那个作家一样的尼米埃?或者问:您是作家的亲属吗?再或这样问:您和作家有关系吗?是的,和作家有关系,最起码可以这样说。我一直以为他们说的作家指的是我父亲,但是有时他们指的却是我。他们问我是不是和玛丽·尼米埃有关系。的确,这是一个很让人混乱的问题。

记者一直陪我走到火车站,上了自动扶梯,接着,一切都很自然似的,和我走向月台。或许他离不开我吧。他记下了我的邮寄地址，说日后可以给我寄一份杂志。他等着火车离开，向我挥手致意。他的手势让我很感动。坐在我对面的年轻女子微笑地看着我们，她大约是觉得我的运气不错吧。我很遗憾自己不能在巴黎多待一些时间，孩子们其实也能自己回家，他们现在已经挺大的了。

几个星期过去了。我在想那个记者。想他说的写歌词的事情。我在一个角落记下了一些关于这件事的想法，这样，如果他打来电话，我不至于措手不及。但是他没有打电话，我也没有收到杂志。我去镇上买了一本。文章的题目赫然写在封面上，还有我们的名字，我们的脸，非常奇怪地嵌在金色的边框里。这组照片非常扎眼，看到的人会情不自禁地找寻两代人之间的相似之处。

卖报的小贩意识到杂志上的人是我，他不知道我有个作家父亲，你这家出了很多作家，他微笑着对我说。可是他看上去并不认为这很有趣。我问他为什么会是这样的表情。

“什么表情？”

“嗯，您刚才说，一家出了很多作家的时候……”

他觉得这不是件容易的事情，就这样。他错了吗？

文章大约有五六页，有很多很多的照片。他们从哪里搜出我这张照片的？我手里拿着什么东西，一个拨浪鼓。不，不是拨浪鼓，看看清楚，是一辆车子，你把它举到嘴边，仿佛要一口吞下这代表车祸的东西，仿佛这样就能防止它的到来。我大约两岁的样子，短头发，脚上套着小淘气的那种短袜。父亲在照片上穿着黑白相间的衣服，站在塞巴斯蒂安-波旦街的办公室里。他手里拿着一份手稿，似乎正在让别人听写，目光所及处——正好是我，我的照片和他的并排放在一起。然而那时我还不会写字，我什么用也没有。我又想起了那盘塑料煎蛋，上面插着他的烟头。还是那种妨碍的感觉。那种不在我该在的位置上的感觉，尽管我是完全出于好意，可是我们始终不是在相同的高度上。

文章很简单，时不时地会闪现一个个加粗字体的名字。没有能脱俗套，俗套里的名字总是一对对地出现，弗雷德里克·达尔[1]和他的儿子帕特里斯，克洛德·莫里亚克[2]和弗朗索瓦·莫里亚克[3]，大仲马和小仲马，托马斯和克劳斯[4]，芙洛朗丝和让，帕斯卡和亚历山大，贝尔特朗和朱丽，亨利的儿子杨，伊凡的儿子让-菲利普……至于我们在咖啡馆的那次见面，记者记住的是那支笔尖歪在一旁的水笔，由此他写了一句非常幽默的话。他用非常微妙的词谈论着两个彼此重叠的父亲形象。他将我眼睛的颜色归结为布列塔尼的出生，说他在想罗杰·尼米埃是否也有如此清澈的目光。他还叙述了我们的见面是如何被街上那个高叫"凶手""凶手"的男人打断的，多亏了这高明的过渡手法，他转到这样的二重奏上：在她生前就将接力棒传给了女儿卡罗尔，甚至和女儿合写了两部小说，将之推入畅销作家的行列。"我的女儿将会继承我的事业。"她骄傲地对新闻界宣称道。家庭事业呈现出一派欣欣向荣的景象。我懒洋洋地将接下来的部分粗略浏览了一下。几段过后，在最后一页的中间，文章的结论被圈了起来："天赋的遗传并非不可避

1 弗雷德里克·达尔（Frédéric Dard，1921—2000），法国侦探小说家。

2 克洛德·莫里亚克（Claude Mauriac，1914—1996），法国作家，记者。

3 弗朗索瓦·莫里亚克（François Mauriac，1885—1970），法国作家。

4 这里应该指的是托马斯·曼（Thomas Mann）和他的儿子克劳斯·曼（Klaus Mann）。

免。”明年再约吧，搞清楚这几个黑体字的含义。

接下来的一个星期，有一天，我去一家广播电台参加座谈会，他们仿佛事先串通好的样子。啊，您就是玛丽·尼米埃，我和您父亲很熟（我父亲的朋友都是这样，真让人发疯），这是一个具有很高的，有一些，怎么说呢，反正非常……我甚至在车祸那天见过他（我父亲出车祸那天见过那么多人，真是让人发疯），我们都非常……

我抱歉地微笑。这不是一种姿态，我真的非常抱歉，就好像别人在谈的是一片风景。我觉得自己污染了这片风景。我想把自己抱起来，消失掉。他们让我在录音室里等一会儿，节目的播出安排有些变动，他们问我是不是要喝点什么？茶？咖啡？加奶吗？要不要糖？我仿佛看见自己又坐在成堆的书后，在波尔多书展——弗兰克陪我去的——那两个女人在我们面前叽叽咕咕：“她就是那个作家的女儿……”一个女人皱起眉头说：“哪个作家？”另一个皮肤被太阳烤焦了的，手上戴满金镯的女人说：“你知道的，就是那个写《蓝色轻骑兵》的。”我转过身去，冲着弗兰克，想躲开这两个女人的评论。我一直盯着始终在微笑的弗兰克。我知道她们会看悬挂在我上方的海报，那上面的我比实际的我要美丽，她们会看看海报，再看看我，如此来回几趟，就像在看女性画报，报上的人和报外的人，她们会拿起一本我的小说翻一翻，一直翻到封底，等着我转身，可是不，我没有转身，我听她们在继续自己的谈话，已经不再注意我。

“她上过皮沃[1]的节目，是的，我去年在皮沃的节目上见过她，她那时的发型和现在不一样，那会儿的发型很适合她，你不记得了吗？她穿着一件灰背心……”

“啊，是的，你说得对，还有一件天蓝色的拉链羊毛衫。”

“拉链，你肯定吗？应该是纽扣吧？”

我在电视上说了些什么，那不会是她们关注的问题。她们又翻了一会儿我的书，想要吸引我的注意，然后她们就走开了，也许会因为不曾和上过皮沃节目的作家女儿交谈过几句而失望。她们微微摆动手臂向前走去。我有些恨自己，因为自己不能够和她们

1 皮沃（Pivot），法国著名节目主持人。

交谈。

她们一个小时后又回来了，决定买一本我的书，送给一位过生日的朋友。我为她们签了一册白色丛书里的《爱抚》，弗兰克对我说，我对她们的态度尤其好。

自从我出了第一部小说之后，别人经常会问我一个问题。我很奇怪那个记者却不曾提过这个问题。别人经常问我为什么不用笔名。不，我想过用笔名的事情。我的回答也很清楚：为什么我要签一个不属于自己的名字呢？

别人都觉得我非常傲慢。

我曾经用过一次笔名，这不是什么值得大肆宣扬的事情，不过不管怎么说，我确实这么做过。而且我还结过一次婚，在布鲁克林，和一个年轻男子假结婚，那个男人我在结婚后就再也没能看见过，不过我有权利使用他的姓（非常好听的姓）。我在纽约的一个剧团里工作，假结婚是我能够得到相当于绿卡的东西的唯一方式。而且我也顺便改写了母亲的故事，非常小心地将局面翻转到对自己有利的一面，因为这一次是新娘在市政府的台阶上抛下了她年轻的丈夫，然后到时代广场的剧场和她男朋友一起共庆难忘的新婚之夜。至于笔名，那是有一次，在做关于美容机构的“如何选择”调查中，我签了帕斯卡尔·马丁这个名字。我那时应该是二十二三岁吧。别人也没问我以前是做什么的，是不是可以胜任这项工作。我那时在学戏剧表演，也许他们欣赏的正是我这方面的才能。这种演戏的才能。重复的才能。我毫无怨言地在一个半月的时间里清洗了十二次皮肤，其间还有两次，在小屋里进行晒黑试验表演，还有两次全身脱毛试验——细节我不再在此赘述，反正我出来的时候彻底被清洁过了，但是看到自己的文章登出来时，我还是感到很骄傲。

而如果我真的叫帕斯卡尔，叫帕斯卡尔·马丁，那又会怎么样呢？如果一个人特有的姓氏是个广泛存在的姓氏，写作的方式会不会因此而有所改变？一个仿佛通行证一般的姓氏？我们每个人都认识叫作马丁的人，原因是：仅仅在巴黎，在电话簿上，就可以查到3 000条叫马丁的人的号码——我还可以向你保证，如果在网上查询，你输入名字，城市，这时就会出现一个信号，警告你当心，是那种三角形的危险警示，好像你违反了网上潜水的规矩，而实际上它只是告诉你完全符合该拼法的记录有 3 106 条，超过了最高界限。

于是要求你进一步明确你的查询要求。

姓马丁的，仅仅在巴黎的第十二区就有 184 个，还不包括没有电话的人以及申请红线保密服务的人。根据国家研究调查所的统计——你用一大堆统计数据把我们弄得头昏脑涨——在法国，平均每年会有 2 849 个叫马丁的人出生。你可以想象一下，一座城市里住满了叫马丁的人。系数的地狱。然而，不，帕斯卡尔·马丁，您知道，这是罗杰·尼米埃的女儿（因为事情就是这样的，用笔名，就是让别人能够一下子确定你的家族系谱所在）。当然，我也能够选择一个不那么泛滥的名字，但是无济于事。我总是会有这样一种戴着面具往前走的感觉，仿佛化了妆，仿佛是在凭借某种诡计获得写作的特权。于是不，我没有换身份的愿望。这也就是说，遗传的问题就是这样合情合理，不论用不用笔名都是如此：将自己的词语置入某个著名的亲人的词语里，会生活在他的阴影下，还是光芒下？会生活在他的威胁下，还是祝福下？对于这个人本身所在的位置，总是会有一种怀疑。对于他来说，一切也许都很容易。他的文本来自上苍。他含着金笔出生，就像有些人是含着银匙出生一样。

在父亲留下的不多的几件物品中，有一样我尤为钟爱。那是一只挂表，只要上了发条它就能够自己报时。我很后悔没把这个告诉记者。表的音质很美，柔和而清脆，仿佛一个从不曾错过任何东西的女人的声音。它能够报整点、半点，甚至能报一刻钟，而每次我让它响的时候，我都会想起那个我从来不曾见过的爷爷。

我会想起保罗·尼米埃，钟表匠保罗，父亲的父亲。儿子十四岁时他就死了，我查过。但不是因为罗杰所说的心脏病，而是尿毒症，这件事情反映了他对自己先祖所感受到的不自在。尿毒症，也许不太文雅吧。从象征意义上来说不够吸引人。心脏超速运行，就此可以写一本书，但是对于衰退的泌尿系统还能有什么好说的呢？这属于一个不怎么文学性的器官，肾脏也是一样，实在无法给人以任何的灵感。可怜的保罗。八天的工夫就被疾病带走了。他是勒瓦卢阿-佩雷的布里耶工厂的工程师，是他设计了第一台会说话的钟。对此我感到非常骄傲，因此不愿错过让大家知道这件事情的机会。1933 年 2 月 14 日，这样美丽的发明诞生了。投入使用后大获成功。在制作完成了这台著名的奥德翁 8 400 之后，我们知道对于时间应当遵循些什么。他夜以继日地在那里卷金属卷，让愿意听的人听从来不曾如此之长的音乐带。录音是马塞尔·拉伯特完成的，在广播里，他叫拉蒂奥罗先生，是法国国家电台里听众最熟悉的主持人。他当然也应该有后代，我在想，不知他们会不会叙述自己祖先的功绩。这个声音在 1965 年被一个不知名的邮局职员替代了。

我的祖母克里斯蒂安娜·鲁塞尔——工程师的妻子，罗杰·尼米埃的母亲——是位小提琴演奏家。十五岁那年，她获得了巴黎工艺博物馆大奖赛的第一名。结婚后她就放弃了音乐事业。要照顾丈夫，然后是孩子，要照顾家里。我无法忘记父亲是这样出生的，因为这份放弃而得以出生。他从来不曾提过这份放弃，对于自己的母亲，罗杰只愿意记得她很早便已取得的荣耀，还有她的艺术天分。至于她为了屈从于自己所处环境中的世俗规范，中断自己的艺术生涯，这似乎没有过多地妨碍到他。悲伤可以跳过一代人。我真想听到她的演奏。昨天，我们去安岱磨坊听了勃拉姆斯的奏鸣曲，我当时就想象着，坐在小提琴手位置上的是我的祖母。祖母是个可爱、活泼的女人，用一个稍微有些过时然而非常适合她的词来说，是个精致的女人。我们很喜欢上她家去，马丁和我。中饭时她总是准备同样的东西，而每次走到她家的楼梯平台上，闻到鸡和炒苹果的味道，也总是让人如此愉悦。我们的表兄弟，玛丽-罗斯——我父亲最喜欢的一个妹妹（他叫她“咪咪”）——的孩子过一会儿也来了。他们给我们留下了很深的印象。我们那时觉得他们很老气，穿着也很讲究。我们似乎得抽出桌旁的侧板，原先我们不用拉开，只用方桌就够了。在矮桌上有一只花瓶，花瓶下是一张带花边的桌布，桌布下还有塑料垫片，这样可以保护木头。在我童年颠倒的世界里，巴黎的妈咪——我们是这样叫她的——代表的是永恒和稳定。她的皮肤令我迷醉，还有她细腻的皱纹和雀斑，最令我着迷的是她的发髻，那么柔软，用精致到极点的发夹固定得却又是那么熨帖。后来，我们稍微大一点的时候，仪式在大家的一致同意下有所变更。她不再让我们上她家去，而是带我们到那家叫作布列塔尼之家的餐馆去。去电影院之前，我们会要一份硕大无比的冰激凌，然后我们去看电影，香榭丽舍大街上的巨大放映厅，似乎总是一眼望不到尽头，加上掼奶油的甜香，还有那个路易·德·菲耐斯[1]，然而如果说周围人个个都说菲耐斯很逗的话，我却认为他让我感觉很悲伤。每次电影里有了噱头之后，祖母就会看我们，看我们笑不笑，和她的孙辈一起分享着因为知道儿孙们幸福所得到的快乐。我的哥哥是个很好的观众。我有些勉强。如果银幕上出现了剑或是手枪，她就会紧紧地握住我的手。我不喜欢打斗的场面，她知道，我也不喜欢电影里那些大喊大叫的人，那些说话声音很大的人。这一类的镜头，我宁愿忘记。我不记得我们的祖母对我们说过她的儿子，我们的父亲，

1　路易·德·菲耐斯（Louis de Funès），法国著名喜剧电影演员，主演过《虎口脱险》等影片。

哪怕只是这么短暂地提一下也没有。

再回到这个永久的话题，我觉得，在我的生活中，那只报时钟的声音所扮演的角色与鸡肉以及炒苹果是一样的。我一直觉得自己距离那个男人很近，他总是**准确**表达自己要表达的东西，也总是高声地说出自己要说的东西。无须诠释。就是这样的，不论是从阿维尼翁还是圣德田打电话给他，我们都能相信他，相信他说的话。他不会在半夜三更把门“砰”的一声关上。他的电话号码我熟记在心。我在家烦了的时候，就会背着那个看我们的年轻女子偷偷拨这个号码。我所说的“烦”更大程度上接近于害怕，那样一种无声的，让我几乎瘫痪的害怕，我甚至从来不曾想过可以用词语来降伏它，因为词语比分秒时刻的流逝要多一点暖意。对于沉默女王来说，还有什么比会说话的钟更加美好的东西呢？我数着报时的“嘟”声，到了第四下，我就在想象着滚轴转动的样子。时间流逝，然而一切依旧。铃声，音节之间的距离，甚至在这之后秒针所发出的轻微的回声。

如今，似乎电子报时钟趋向于交替使用女人的声音和男人的声音。我只要拨一下 3699 就可以查到。可是有什么东西阻碍我这样做。我不喜欢想象祖母坐在她丈夫身边数着钟点的样子。不喜欢想象祖母扮演节拍器的角色。我想起安托万·布隆旦在《过去先生》里写进的父亲说的这句话:“我们不朽的母亲,”他写道,“会为我们在寒冷之中奏响音乐;你的母亲弹竖琴,我的母亲拉小提琴。我们不可能不觉得幸福。”

妨碍，被妨碍，empêcher这个词来自比较低俗的一个拉丁语词impedicare，用捕兽器捕捉，用绊索拴住，而impedicare这个词本身来自pes这个词缀，来自pedis——脚的意思。

“尽管如此，可这并不妨碍”，或者可以用更简洁一点的词组，把词组里的那个无人称代词去掉。

尽管父亲喊妈妈的这个女人如此精致，尽管她是他最初的读者，可这并不妨碍这位克里斯蒂安娜·鲁塞尔，这位钟表匠保罗的妻子和寡妇喜欢扇人耳光。我们的运气好，没有挨过她的耳光。不，儿子离世之后，她的手仍然在，而这一类的事情和骑车一样，是不能够忘记的，但是我们和她在一起的时间不多，她未必有时间施展自己的才华，而她和我们在一起时，我在前面就已经说过，总是非常疼爱我们。然而有一次，是在一次特别的、难以忘记的场合里，我惊异地发现她的情绪一下子就变坏了。那次我为表姐的婚礼当花童。她穿着巴黎城里最漂亮的婚纱，拿着圆形的花束，脸上垂着面纱，婚纱长长的裙裾拖在身后，我们都聚在一起帮她抬起裙裾，免得它拖在地上，表姐还梳着金色的发髻，其庄重程度超过了祖母的发髻——祖母什么都想到了，甚至细致到为我的银色定音鼓缝上一层毡子，这样，假如我在教堂里讨喜钱，硬币落在里面就不会发出丁丁当当的响声。但是我没有去讨喜钱。要排队的时候，我是那么害怕，以至于坐在原地没能动弹，一动不动地，希望所有人都把我忘了，的确，似乎所有人都把我给忘了，因为没有人来找我，即使有人向我做过手势，提醒我职责所在，我可能也未必会看见，因为我正全神贯注地欣赏我那不会发出声音的定音鼓，除了定音鼓外，还有我那双皮底的漆皮鞋——我的脚很疼，鞋子当然是新的，很贵，真是疯了，鞋子竟然能卖到那个价钱，于是又回到脚的问题上，pes, pedis，关于“妨碍”的概念，还有撑杆跳高运动员脆弱的脚踝，几个小时后，祖母问我为什么没有像其他的小花童一样去讨喜钱时，我就是这么回答的，我说我走不了路，我脚疼。

她的双唇开始颤抖，随着双唇的颤抖，她脖子上和下巴上松弛的皮肤也在随之颤抖。她穿着一件立领衬衫，别着一枚表现田园风光的浮雕玉石，一位牧羊人和羊群在一起，或者是牧羊女吧，我已经记不得了，但是我记得非常清楚（真是可怕，在那样的时刻我怎么能想到这个呢），我当时一直在想祖母死后，不知道我会不会得到它。对于祖母来说，我重要吗？我真的存在吗？除了姓和名外，除了在家族中的一个位置（我排在最后）之外，我是不是一个具体的存在？我需要证明，需要有人能够让我放下心来，而如果要做到这一点，除了父亲的母亲之外，还有更好的人选吗？她把我揽在怀里。走廊里只有我们俩，这是在一套专门用来开招待会的、不知道是哪里的房子里。我不知道她为什么会处于这样的状态，平常的时候她总是显得如此有分寸，我天真地问她，是不是她指着这钱来支付婚礼的费用。我得到了一记耳光，这就是她的回答。“真是穷人的问题。”她脱口而出道，接着，因为我哭了，她又把我抱在怀里，请我原谅。她似乎真的很不幸，比我要痛苦得多，而我，能在她柔软的怀抱里痛哭真好。我喜欢她身上的粉的味道，还有她声调的变化。她对我解释说，用定音鼓收来的钱是捐给本区教堂的慈善事业的。我不知道这样的事情，因为从来没有人领我去望过弥撒，和我哥哥正相反，我从来不曾产生过皈依天主教的愿望。这个插曲使得祖母和我之间因为一种对于彼此的羞愧而紧密联系在一起，她打了我一记耳光，在那个时代这早就不流行了，而我呢，我让穷人变得更加没有价值，而且我还觊觎她的浮雕玉石。这是一件非常值钱的首饰，她把它和金链子、孩子的乳牙以及保罗的表一起放在五斗橱里。

罗杰·尼米埃的乳牙，你可以想象，你父亲的牙齿放在火柴盒里，里面铺着一层棉花。他的第一颗门牙。他十岁时的前磨牙。

下午剩下的时间里，我为客人端上小点心，清理小桌子，而马丁则可以和其他小朋友一起玩。祖母让我答应她，不把“这一切”告诉我妈妈。她难道不知道她儿子给我起的绰号吗？她当然能够相信我，我不会告诉任何人。

成人喝香槟，他们的声音在大厅中回荡，大厅的天花板装饰得非常繁复。大家都觉得我服务得很好，而且穿着浅蓝色的长裙显得非常可爱，那件裙子在腰后有个蝴蝶结，灯笼袖，还有一条与之相配的束发带，总之，你可以想象。招待会渐近尾声。我还记得有位先生说话时很喜欢做手势，而且，别人都背过身去的时候，他就会冲我做可怕的鬼脸。还有一位先生总是将前额抵在玻璃窗上，望着窗外。我那时真希望他能抱起我，将我举起来。

鞋子弄得我越来越疼。我本可以去和哥哥一起玩，可是我没有，我继续扮演着珂赛特[1]的角色，还时不时去祖母身边，问她还要我做些什么，怎么做。她似乎非常欣赏我的态度，鼓励我继续赎罪之路。她的要求非常明确，从来不曾超越我的能力范围。至于我母亲，她带着一贯的从容在人群里穿梭，和这群人交谈几句，再和另一群人交谈几句。她总是很清楚在

1　珂赛特，雨果《悲惨世界》里的人物，被母亲放在小饭店的老板娘家后，备受欺负和虐待。

这一类的场合里应该说些什么，甚至对那些不认识的人，而且她尤为擅长和不认识的人说话。我非常欣赏她建立关系的能力，在每组小小的人群之间，留下她那犹如香根草一般的话题，让她那芬芳的话语碎片得到充分的展开。她围着一条披肩，真不知道她施了什么魔法，披肩始终不掉，然而又能充分展现出她那古铜色的肩膀。我觉得她很美。我为自己有如此美丽的母亲感到骄傲。男人都在看她的腿。她经过他们身边时，他们彼此窃窃私语。她注意到了这点，我敢肯定，但是她装作什么都不知道的样子。她也注意到了我摆放双脚的方式非常奇怪。在我脚跟的位置，已经出现了一块红红的东西。尽管我不愿意，她还是将我拽进了浴室，让我坐在冲洗盆上，把鞋子脱下来。突然之间，她显得非常悲伤，似乎痛的是她。为什么我没有让人给我贴上创可贴呢？我仍然是一副泰若自然的样子，装作没什么感觉，没感觉到什么，真的，不要为我担心。我的水泡被涂上了红药水。鞋子和紧身袜被放进了塑料袋里。房子的女主人借给我一双带绒球的拖鞋，而我直到回家，才得以脱掉这双过大的拖鞋。走的时候，祖母塞给我一枚五法郎的硬币，感谢我帮了她的忙——实际上，感谢帮忙只是她在表面上装出来的，我很清楚，这钱是用来买我的沉默。我对自己说会把这钱放在教堂的捐款箱里，这个想法让我的心变得非常柔软，觉得仿佛沉浸在一种超越错误、拯救自己的温暖情感之中。在门口，有人想为我们拍最后一张照片，可是他相机里已经没有胶卷了。我哥哥嚼着他的衬衫领子，颇为嘲讽地看着我的脚。我的脚，还有这双巨型的拖鞋，在很长时间里，它都将是个笑柄。哥哥拿了二十来支烧烤的铁钎，揣在口袋里，而他的口袋根本盛不下。母亲让他把铁钎放回厨房，但是他不干。母亲非常聪明，没有坚持。我们都太累了。祖母很理解这一点，没等摄影师换好胶卷，把这场景固定在不朽的意义层面，就将我们轻轻地推到楼梯外，这场景，是的，哥哥的铁钎，母亲的美丽——还有我，我的拖鞋。

表姐婚礼之后，过了几个月——或者也许是第二个学年吧，我总是很难记住在我看来彼此关联的两个事件之间相隔的确切时间——我的小学老师把电话打到家里，让家里人去学校把我领回家。我说腿钻心的疼，脚不能落地。从学校的食堂里出来，我突然这样了，似乎没有什么显而易见的原因。有人把我带回了家，不是母亲——那么那个人一直把我送到五楼？这次我没有水泡，不，也没有瘀青和伤口，从表面看没有任何损伤。家里的医生被紧急召来就诊，他随口问了我第二天是否有考试，的确，第二天有语法考试，于是才下班回来的母亲听取了他的建议，她让我洗了个澡，吃了片阿司匹林，然后就帮我复习动词变位。我还记得马丁跑到厨房里来，打扮成印度厨师的模样。

他不是去参加生日聚会或是化装舞会什么的，不，他是为了我弄成这样的，就是为了逗我笑。他围着桌子跳舞，嘴里咕哝着神奇的话语。我度过了可怕的一夜。八点钟，医生在我膀子上重重一击，把我敲醒了，他强迫我站起来。他一直认为我是在装病，就是为了不去学校。我倒在床边，像只口袋一般地倒在地上，根本站不起来。我默默地流着眼泪，不，我没有叫，我已经没有力气叫了。我觉得双腿灼烧一般疼痛，肌肉在这灼热的温度里萎缩，很快就会是骨骼的四分五裂。妈妈把我重新抱上床睡觉，她的动作很轻柔，很小心。她的眼里也都是眼泪，我还记得自己努力地想笑一下，我害怕她太担心我。看到她这样，我难以承受。我不想她哭，永远不想再看到她哭。她已经哭得够多了。

医生的态度彻底转变。他诊断为急性风湿性关节炎，缩写为RAA，是对于链球菌袭击的一种不均匀免疫性反应（这是我以后才搞明白的）。验血确认了他的直觉，然后治疗便开始了，我不时还要去医院做强化治疗，必须在别人面前脱光衣服。别人还要问这问那，可是没有人真的要听回答。妈妈在替我回答问题。她说得非常仔细，医生似乎尤其欣赏她所谈到的关于我们家族先人的那一段——我的一位德国表兄也得了同样的病。妈妈评述着检查结果、体温曲线和体重曲线。她还谈到了我们严格遵守的饮食措施，不，没有糖也没有盐，可是，不能放一点奶酪，平衡一下营养吗？谈我的时候，她用的是“我们”，就像父亲在谈论自己的时候也喜欢用“我们”一样。我喜欢她一切尽在掌握的这种方式。我不仅有一位非常美丽的母亲，而且她还很能干。她就像是一本书里的女主人公，《妈妈安排一切》，就因为这个书名，这本书在很长的时间里一直是我最喜欢的画书。

有一天在医院里，一位年轻的医生注意到我拇指根部有一个小小的疤痕。他戴上眼镜，凑近了看，还将我的手臂举起来，在光线下转动着，仿佛为了揭示出什么隐藏的真相。我现在已经想不起来他当时这么做的起因究竟是什么，但是我那会儿应该是知道的，而且我还想要提醒这个年轻男子，向他解释说这块疤痕和我现在正在接受治疗的疾病之间没有任何关系。但是老师正在演示，他们做了个手势，再一次让我不要说话。这个提醒我注意的手势给我留下了很坏的印象，似乎这疤痕透露出来的信息不像它表面上看起来那么偶然。我不知道自己的这个念头打哪儿来，这不是记忆，不，它更多的是一种直觉。我觉得这疤痕是被咬伤所致，我父亲抓住我的手，咬了一口，很快，非常奇怪的是，角色颠倒了，是我咬了父亲，他把手腕举到我面前，对我说，咬啊，咬啊，我从来都不用力咬，这让他笑出声来。

我想起了放在祖母衣柜里，和浮雕玉石在一起的父亲的乳牙。

为什么我们总是会注意到表面一些无足轻重的东西，然而却任凭童年的完整部分坠入遗忘呢？对此我也完全说不出什么，比如说，我如何打发童年时光的。这方面似乎一点记忆也没有。我们那会儿没有电视。广播呢？是的，也许吧。我把作业带回家做吗？妈妈出去工作的时候，她是不是会付钱请人来陪我呢？付的是什么样的钱？我记得自己在这方面甚为担心，所有代表支出的东西都让我不安，家里的心电图，验血和药物。要花母亲那么多钱，我为此感到非常羞愧。在父亲用作书房的客厅一角，专门为我支了一张藤床，上面铺着崭新的被褥。我不再去学校，也不再和马丁睡一间房。入睡前的笑话和其他交谈全部都结束了。我被放在一边,等待被修复。

很长时间里我就一直这么躺着,因为用了可的松而浑身浮肿,这个浑身浮肿的小女孩被告知有可能再也长不大了,因为这是风湿性关节炎可能产生的后果之一,中断发育,还有,医生说尤其要担心心脏方面的后遗症,医生总是在不断重复那句格言,仿佛记住这句话有多么了不起似的,一句在我嘴中留下奇怪味道的话:**风湿性关节炎舔坏关节,咬坏心脏**。

如果说这句话在我看来一直非常可怕,其实并非是后遗症本身让我如此不加节制地焦虑:夭折是我们家族的传统,很年轻的时候,我就习惯性地认为自己不会衰老。至于长不大的问题也是一样,我已经习惯了。一直以来,我都是班里个子最小的之一,拍照片时总是站在第一排。我周围的所有人都很高,妈妈,我的两个哥哥,同学,甚至包括记忆里父亲的影子。就是这样的,我不觉得有什么难看。这个故事里最让人难以承受的是早晚注射青霉素以及辅助的可的松治疗。为了让自己勇敢一些,每次护士打开金属盒子时,我就会看书。我盯着父亲选择的那些词语。我在自己一本关于淫画的小说里谈到过这间书房，因为对于我来说，仅仅是辨识那些书名的本身已经具有某种侵犯的意味。我父亲曾经禁止我碰这些书吗？我清楚地记得有一本书叫《陌生人的抽屉》。我从中汲取了无穷的力量。

我开始给孩子们读塞尔玛·拉格洛芙的《尼尔斯骑鹅旅行记》。这是我第一次给孩子们读简装本的书。尼尔（Nil）（和尼尔斯只差一个“s”）是埃利奥（Elio）一只长毛鳄鱼的名字，因此他比莫尔兰（Merlin）听得认真，莫尔兰觉得书里所描写的风景实在是很枯燥。有些场景在我的记忆里却留下了非常深的印象，会不断重现——比如说，那个因为虐待动物被罚缩小的尼尔斯骑在家养的白鹅上升往天空。他后来换乘了野鹅。等他经过漫长旅途回到家里，他说了一句话，让我想起匹诺曹在鲸鱼的肚子里重新找到父亲所说的话，“我长大了”，塞尔玛·拉格洛芙的主人公说：“我现在长大了。”

我伸展着双腿。脚趾碰到墙头。我打了个哈欠。母亲对我说，在我十四岁的时候，有一天，我宣布自己会超过她。当然是个子会超过她。而后来的确如此，尽管我记不得自己曾经说过这样的话，甚至我不记得自己有过这样的念头，敢于尝试这样的挑战，在班级的照片上，第一次，我站在最后一排。我花了很长时间来习惯这身体，它几乎不是我所认识的自己的身体。哪怕在今天，我无意间发现自己在地铁玻璃窗上的倒影时，仍然会感到吃惊。

给孩子们读书的时候，我努力地想要睁大眼睛，我好像被自己的声音催了眠。可等我终于躺在床上的时候，我却很长时间无法入睡，想着白天的工作。有时，我觉得记忆彼此冲撞得厉害，需要很多年才能够最终完成这本书。另一些晚上，我又似乎觉得自己没有什么可说的。只要再写一两章就能结束。叙述一个有头、有发展、有结尾的故事自然要简单许多。在我的书房里，有三个装得满满的文件袋，全是笔记，都是可以用来写小说的灵感，然而，此时还不是投入其中的时刻。这么多年我一直半闭着眼睛往前走——我以为我的一生只在做这样一件事：用一种合适的方式否认父亲的存在，不大哭大闹。罗杰·尼米埃，或者说想着如何摆脱他。“否认”这个词不是我随手用的一个词。在所有这些年，我签的不是“Nimier”，而是“否认”——“Ni（mi）er”。在m的位置，我总是画一条直线，而i也不见了，被手部的这个动作带走了。我在牙医那里填支票时突然发现了这个问题。牙医是个非常罕见的好人。总是一边工作一边放音乐。他推着小轮车过来的时候，脑袋还打着节拍。这可不总是那么让人放心。他喜欢爵士乐和现代艺术，我想他也画画。我没有向他说明我在给他支票时为什么脸会那么红，但是他看出我有点不妥。他问我是不是想下个月再付，或者压根儿不付，因为我没钱。那时我还没有社会保险，我已经不是大学生了，也没挣多少版税，可以让自己进入作家行列——但是这一次，我坦诚地说，不是钱的问题。我才得到了下一部小说的预付金，我可以偿还债务，为此我感觉非常骄傲。我撕毁了支票，借口说我弄错了报酬的数目。我专心致志地写下了姓氏的全拼，然而，仿佛在突然之间我不知道自己应该怎样拼写它。你可以想象我的惶恐，不知道该怎么拼写自己的名字。我花了很长时间才能够流畅地签名。

也许，在不知还有什么别的办法时，这是避免不了的事情。换一种形式追问实质。这是一种成熟的表现吗？这一切在我看来都是很书生气的。似乎Nimier这个姓氏来自“linier”——种亚麻的人。我希望自己能有那种蓝色小花的轻盈。我像父亲一样，宽大、壮实，很稳固地锚定在过于沉重的双腿上。

有时我会问自己这样一个问题：如果我死在我父亲之前，他会怎么样呢？一只轮子飞了出去，走错路的轮胎……今天早晨我读到一篇关于遗传的文章，还有这张我在啃一辆小汽车的照片。翻过去几页，我的目光停留在玛格丽特·塞林格的照片上，她坐在父亲的膝头。我们俩有点像。塞林格[1]在他新罕布什尔的房子里过着隐居生活。将近三十年的时间，人们几乎没有读到他的什么作品，但是他并不因此就成为一个沉默的作者：在他的保险箱里似乎存放着将近十五部小说。我试图把自己放在那样一个坐在父亲膝头的小女孩的位置，但是我做不到。仿佛在我的大脑里，那个“家庭影像”的功能区域已经彻底不复存在。塞

1　塞林格（1919—2010），美国著名作家，代表作为《麦田里的守望者》。

林格张着嘴，他在说话，他要显出很有说服力的样子。他凝视着自己的下一代。玛格丽特的手绞在一起，专心致志，在赌气。也许塞林格正在讲述世界的诞生，或者在向女儿解释尽管她精神很好要出去逛一圈，可也必须去睡午觉。一个好爸爸的形象，伴随着一系列的美好回忆：大厅里放的希区柯克的影片，胶片从放映机里出来划过手掌的声音，在迈阿密的水族馆和海豚玩飞盘，或是她父亲扔进自动点唱机里不计其数的硬币。但是在这令人快乐的面貌边缘，或者，更确切地说，有能让这令人快乐的面貌变得暗淡的另一个形象的存在，在女儿的笔下，这还是一个可怕的印度宗教的信仰者，在各种宗教信仰之间游荡，从新佛教到科学教派，他会强迫家里人接受用牙签进行的针灸，不能承受周围的人有一丁点儿的不足之处。在他的世界里，玛格丽特·塞林格写道，所有的不足之处都是背叛，会立即将你削减为微不足道的人。她还谈到了塞林格在树林里的那座小棚屋，他把自己关在里面工作。很年轻的时候，她已经习惯去给他送午饭。她的父亲从来不曾迫不得已地禁止她看他堆得乱七八糟的书房。玛格丽特却连他的一小条笔记也不曾读过：她努力让自己调转目光，避免了解他的一切事情，哪怕只是因为不小心了解到也不可以。我又看见自己在父亲书房的情景，偷偷摸摸地辨识小说的名字。我们不难想象对于塞林格来说，如果读到自己女儿写的书，他会是什么样的感受，他这么一个如此擅长强迫周遭的亲人接受他那接近病态的谨慎的人，肯定能让他一生都无法与女儿和解。

谁知道呢？也许这正是玛格丽特所期待的，是一个借口，这样就可以不再和他说话。我之所以停留在玛格丽特·塞林格这个例证上，是因为很长时间以来，我一直认为自己也无法与父亲好好相处。如果一定要我表述得更为确切，我会谈到他的政治倾向，但是还有更具体的，他在书中谈论女人的方式，他对武器、制服和跑车的喜好——所有这些事情对于我而言都非常有隔膜感。当我还是少女时，这些事情里有一种与我无法相容的东西。罗杰·尼米埃完全属于我们坚决要清除的过去，而当我在游行的队伍里高喊“警察，法西斯，凶手”时，我暗自祈祷，但愿别人不会在某一天发现我的身份。有一个保皇党的父亲，这足以让人被归入不好的一类。当然我可以替自己辩护，对于这类的立场加以区别，重新搬出所谓“右翼无政府主义者”的称号，这样做在这类场合总是非常有效的，但是，如果人们得知那个无耻的路易-费尔迪南[1]，《屠杀琐事记》的作者曾经让我跳上他的膝头，或者，还有更糟糕的，如果人们知道我对于麦冬[2]之旅始终保留美好的记忆，我还有什么可应对的呢？

我似乎直到今天才明白，除了政治上和其他与时代有关的摇摆不定的考虑之外，究竟是什么让我形成了如此确定的想法（这种关于不相容的想法）。更为深层的，在我还是少女的激进时代我无法表述清楚的原因是：有一个死去的父亲总比有一个时时刻刻威胁着要劫走你的父亲好。一个将沙发开膛破肚的父亲。一个试图要掐死妻子、然后第二天又会带一抱玫瑰来的父亲。

或是一个在才换了干净床品的床上切腕自杀的父亲。

我们谈到了这件事。表面看来雪白的床单，仿佛我在美国结婚时一般。而床单浸在浴缸里。那时还

1 即塞利纳，《茫茫黑夜漫游》的作者。

2 塞利纳在晚年一直居住于此，1961年，塞利纳死于麦冬。

没有洗衣机，撑杆跳高运动员也还没有被贴在壁橱门上。从雪白的床单上流出红色的细流。我把手浸在浴缸里，水很凉，我稍微搅动了一下。床单上升起了一团红云。我弄湿了睡衣的袖子。我用挂在墙上的浴巾擦干我的胳膊，浴巾掉下来，我的个子还太小，无法将浴巾挂回去。我听见母亲在讲电话，或者说，我以为我听到了，因为实际上，没有任何东西是确定的，如今所有的一切都像是一种重建，是一种舞台性的重现。在浴室的垃圾桶里，某样东西在吸引我的视线。是剃须刀片——那时我还不知道这叫剃须刀片，我还找不到合适的词来命名这珍贵的物品。我想把刀片拾起来，但是我知道翻垃圾是不被许可的行为。在我印象里，父亲不在与浴室仅一墙之隔的卧室里，也许他被送到医院去了。我的哥哥们对此事毫无记忆。他们正都熟睡着吗？这一切发生在深夜吗？母亲认为我没有参与这件事，认为我没有看到浴缸里的床单——更没有看到剃须刀片。这是她最近告诉我的关于父亲的事情之一，父亲自杀的企图，在她之前，没有任何人告诉过我。但是，如果我什么都没有看见，这一切又如何解释呢？

如何解释我们在圣-盖-波特里厄的保姆和她朋友之间的这段对话呢？她说，想要不觉得疼，只需将静脉浸入水中。将静脉浸入水中，她坚持说，就像把面包或是一束葱浸入水中一样。在吃面包的时候，我们经常这样做。我能够清楚地回望到当时的场面，看到房间里每个人的位置，我躺在沙发上，脑袋埋在垫子间假寐，但是我一点细节也不曾漏掉，我的保姆坐在靠窗的位置，她的朋友坐在客人坐的扶手椅上。那是那年夏天所留给我的唯一记忆。如果我，怎么说呢，不是对这个问题如此敏感，又怎么会记住这场谈话呢？保姆的朋友，那个男人肯定地说：这是真的，在开着的水龙头下切腕自杀一点也不疼。仿佛在死亡之时问题的关键只在于此：疼还是不疼。

如何解释我对普遍意义上的刀所持有的这种厌恶感呢，尤其是剃须刀片，还有我总是格外小心保护自己手腕的方式？马丁发现了我的这个弱点，属于我的阿喀琉斯的脚踵，他想折磨我的时候，用食指模仿利器，做出切断静脉的样子。不管在什么样的场合，在最出乎意料的时刻，饭桌上，去学校的路上，或者母亲在和我们说话的时候，他都会这样做。每次都很奏效。我哥哥从父亲那里继承的不仅是大仲马的作品和十七卷拉鲁斯百科大辞典。他还继承了这一特殊天赋，我父亲的朋友们都注意到的这类带有虐待性质的行为，朋友们将之看作是父亲的标记，是那种迷人的小缺陷。表面看来没有任何的恶意，的确也没有什么能将之归为那类罪恶而恶毒的行为。我那时也许是一个喜欢幻想的家伙，备受疼爱的小女儿，因此别人时不时地就会显示一下他们的优越性。他还曾经把一节管子塞给了我最好的朋友（仓鼠朋友），我的仓鼠朋友把这管子当成了滴管来用，可是它站在竖起来的管子上，着实让我颤栗不已。自从我学会编织以后，我为自己织了一些宽宽的羊毛护腕，它们可以帮助我面对这个世界以及我想象中的种种危险。我有各种颜色的护腕，并且总是把它们包在我的衣服外面。别人都觉得很漂亮，而我也不那么容易受伤了。我还有一副别人替我从药店买来的皮护腕，是做石雕时用的。我很喜欢戴上它。直到今天我也是这样，工作的时候，总是把手腕平放在键盘的下端。我喜欢在我的皮肤和塑料键盘之间没有任何东西的这种感觉。一张纸都不能有。纸很容易划破皮肤。我无法忍受看到类似于刀具的东西散放在我的桌上。使用纸张对我来说很困难。我只在迫不得已的时候用，而且一用完就立刻将它们放进抽屉里。晚上，睡觉的时候我也总是将双手折拢。

还有，如何解释跳入塞纳河的举动呢，包括我在内的所有人都觉得根本无法解释。我不想在这件事上耽搁太久，但是还是说说吧，别绕开不提。我才满二十五岁。在半夜里，在吞了四盒子的巴比妥之后，我从阿尔玛桥上跳了下去。我那时既没有爱情的困扰，身体也很好，在纽约的一家音乐剧团里工作，我们这个剧团也一切都好。那么，这种对于要结束一切的确定从何而来？恰恰就是因为一切都很好，一切都还好，所以才要结束，好像应该在最好的时刻离开，衰败难道不是可以预见的吗？入水几秒钟之后我昏了过去。我对自己说：不要挣扎，不要动，就这样让水把你淹没，然后便什么都不复存在了。我在医院中醒来，身上插满了弄得我很不舒服的管子。隔壁的床上躺着位老妇人，双手放在腿间，正呻吟着。然而我事先对一切都有所预料，特别注意，挑了没有车子经过的时候跳入塞纳河中。我穿得很累赘，长裙，外面是天鹅绒的风衣,这两件衣服此刻就挂在床旁边的大衣柜里。衣服都干了,变硬了。我觉得过了很久,一位护士走了进来。她指着我的衣服,问我,穿着这样的衣服到哪里去。是不是去参加某个节日庆典,穿得如此隆重。是的,节日庆典,差不多吧。我没有力气解释。我很渴。她问我是不是要通知谁。我给了她母亲和一位朋友的电话,是在说这些数字的时候我才意识到自己没有自杀成功。只有我的手提包坠入了塞纳河底:我的身份证,一包香烟,还有我很喜欢的一只日本招财猫。出租车司机当时问我应当停在阿尔玛桥的哪一侧。我回答说:“无所谓。”我当时还笑了,他根本没有意识到。

第一次想到自杀是在伊朗的时候。我十一岁,也许十二岁。我坐在高高的峭壁之上。没有风,没有飞溅的浪花,不,没有引起轰动的背景,只有远处的几艘船。大海,涌上空旷的海滩、渐渐平息的海浪。我也不知道这念头从何而起,又是如何而起。我只是想让自己倒下。非常非常想死。

后来我从父亲的一位朋友那里得到了证明。他谈起了1962年的夏天，在车祸前几个月，他们曾经一起去过伊朗海边。那么我那时在哪儿呢？诺曼底？圣-盖-波特里厄？伊朗，这个地名深深地印刻在我的脑海里，这是我父亲最后一次度假去的地方。伊朗，或者说，只要跳入空茫，便足以推翻历史的这一确切的想法。足以碰撞历史。如果我的父亲不回来，那就应该是我去找他。从他那里，我拖过死亡之车，仿佛拖着一件缀满补丁的兔毛大衣，一件非常脏的大衣，必须要送去洗，因为妈妈决定这样做，为了卫生的原因——但是早晨醒来，孩子会因为再也没有了他喜欢的那股味道而哭泣。不管是好还是不好，这不是问题。不是喜欢或者不喜欢这个危险父亲的问题。不是与他相处好还是相处不好的问题。只是必须这样做。不在场，害怕，痛苦，必须这样做。最糟糕的不过是像那个记者做的一样，名字被圈起来。最好的情况是能够构建，就像构建一束花。

教练车是红色的，然而，不可能跟丢。鲜艳的红色，就像父亲在遗嘱中提到的那辆阿斯顿·马丁跑车。一直到现在为止我都开得很好，考官看样子挺高兴的。这是我第三次考驾照。好吧，那伙红色的家伙终于进了最后一个环岛。怎么做才能看不见它呢？我撒了一点小谎，我说我要刹车了，说考官有一点这样的意思。然而不，老实说，没有人看见，因为事情是这样的：罗杰·尼米埃的车子在出车祸时不是红色的，我父亲让人把它漆成了栗色。然而报纸却都按照自己的愿望把它描述成红色的。很长时间以来，我也就是这么去想那辆阿斯顿·马丁的，仿佛在我父亲的身体内部与他选择的外壳之间有着某种亲密的联系，血和钢板之间，完美的关联，在呼唤不可避免的，那种在别人的笔下被浓缩为所谓“命运”的东西。即便在今天，也很难想象这车子还能是别的颜色，那就像詹姆斯·迪恩[1]叼着烟斗一样难以想象。栗色？真的肯定吗？传奇才是永恒的，它会在事实无法生根的地方留下印记。手指滑过，精神陷入泥潭，然而是的，是栗色，土地和排泄物的颜色。栗色，就像是在栗子的内部，让人把自己包裹起来，在这种情况下，成为公众影像的猎物。

1　詹姆斯·迪恩（James Dean），美国20世纪50年代著名青春派影星，1955年死于车祸。与其形象密切相关的Levis牛仔裤和Zippo打火机一直风靡至今。

很久没有收到这位小说家朋友的来信，这会儿看见他的名字出现在邮箱发件人一列最上面的位置，我高兴极了。他问我进展到什么程度。我并不替你着急，他写道，我从来没有为你着急过，但是我至少很想知道你对这事情是否感觉还好。一句话，这就像是一件衣服。穿着它，不能让人觉得背部发痒，也不能让人觉得袖子那里有什么不对劲儿，不能让人感觉过于隆重很不自然，也不能让人感觉很难看。

很难看，是的，有时的确如此。过于隆重？没有。我的脑海里又出现了在国立现代艺术中心毕松农庄舞台上的那段独白。“你能够显得多么哀婉动人啊，可怜的女孩儿。”主人公在谈及小妹妹之死后对自己说。

我仍然听到那演员的声音。我看见她仰视天空的眼睛，还有她站起身来再补充些什么的时候调皮的微笑，她说："可是没有人知道这一点，没有人。我会将纪尧姆·德·奥朗日[1]的格言遵循到底：我坚持。"

坚持，如果是在谈论我们深爱之人的离去，这个词是否意味着一点什么？是的，当然，这一点，在很小的时候，听大人交谈时我们已经得知。比如说某人的表姐失去了孩子，她如何表现出令人赞叹的勇气。自尊，不失态。不表现出悲伤。不悲天悯人。尤其是不抱怨，哦，不，不能这样，抱怨是格调非常之低的表现。可是如果话语在撩拨你呢，如果它把扣子送到你的眼皮底下，是否应当顺势解开？难道不是把标签剪掉就可以了吗？忘记构成？任由词语流淌，而不是不惜一切代价地调整词语，使之适合故事整体的需要？

我花很长时间给我的朋友复信，仿佛是为了让自己放心，我明确地告诉他，我进展顺利——不，不是我进展（我才检查过），而是"它"进展顺利，仿佛这些词已经完全不再属于我，它们在别处，有了自己的生活，在根据我无法控制的规则繁衍着。我告诉他孩子们

---

1 纪尧姆·德·奥朗日（Guillaume d'Orange, 1650—1702），纪尧姆三世，英国国王。

最近这段时间所经历的趣事，告诉他我们如何在树林里替这些小淘气建了一座小屋子。告诉他孩子们养了一对小嘴乌鸦，庄妮和杰内特，我们吃饭的时候，这对乌鸦总是栖息在蔬菜园外的墙上，我们在这边吃饭，它们从那边就会蹒跚着走近我们。我没敢和他说拍卖的事情，直到现在为止，我还没有对任何人说起过。我首先应该习惯这个拍卖的想法。我首先得驯服这个念头，就像孩子们驯服乌鸦一样。上星期二，镇上的报贩两眼发亮地看了我一眼，一切就这样开始了。他有东西要给我看，专门为我放起来的某样东西。他等所有的顾客都离开，这样才好离开柜台。等他再出现的时候，他的头发乱蓬蓬的，两手仿佛拿着什么猎物一般地拿着一册《收藏者报》的特刊。

封面上的动物既非木雕的怒吼雄狮，也非木雕长颈鹿，而是嵌在宝石里的绿色翡翠青蛙，我立刻想到了父亲车祸前要赴聚会的那家餐馆。但是这个报贩，即便他消息再灵通，也不会知道"青蛙罗杰"的。那又是出于什么原因，他收到了这期杂志，竟然会想到我？我不收藏，恰恰相反，我反对收藏；我不喜欢保留。我不喜欢拥有。拥有。这是不是孤儿的特点呢？

空让我安心——让我焦虑的是满。我指的不仅仅是客厅和卧室的架子上堆放的装饰物，还包括简单的食物和家居日常用品。看到别人买那么多的东西堆放在壁橱里，我总是觉得不可思议，那么多东西，简直会让人以为是壁橱本身在要求，是它们本身有饥饿感，是它们要求人们遵守规则，是它们在看广告。

我拿过杂志翻着。这期杂志的主题是青蛙收藏之家。收藏家收集了所有青蛙状的东西，青蛙垫子、青蛙茶壶、青蛙冲洗盆、青蛙灯笼，甚至花园里的一株黄杨树也被修剪成了他心爱的动物的形状。看到我在这篇文章上耽搁着，报贩暗示我翻到后面几页的拍卖专栏。我看到了在船上拍的一张照片。在物品的对面是一个年轻男子，他的眼睛被一本书遮住了。照片下面的说明证实了我的直觉：这个年轻男子是我的父亲。

这是我平生第一次看见父亲的彩色照片。

我转向墙站着，极力掩饰自己的情感。我从来不曾想到过这样的事情。我发现父亲没有和我们——他的孩子们——一起拍过照片，也很少有照片是他独自一人拍的（是到很大了我才发现几张，童年时代，我对于父亲模样的认识只是来源于那张放在壁炉上的悲伤的肖像），但是，在我的脑子里，父亲所有的这些照片都应该是黑白的，毫无例外。

一个陌生的声音吓了我一跳。音调很高，有点拖音。是一个顾客在问我……但是他问我什么呢？他要我做什么？没什么大事，只是让我让开一点，他想拿一下转门后面的填字游戏书。我合上杂志，有些尴尬，因为在看到和我如此相关的这几页内容时，我竟然会这样吃惊，仿佛看到自己父亲的彩色影像本身有什么淫秽的意味似的。报贩在等我说些什么。我嗫嚅着吐出一些感谢之词。他不知道我的尴尬，还以为我是失望呢，于是觉得自己有必要辩解。他认为我知道这件事，不过也许不知道《收藏者报》上补篇里所写的事情——文章说要拍卖父亲的三份手稿和他写给一位朋友的信。我再度对他表示感谢。我的心思在别的地方，我很混乱，为照片的缘故，不过，想到收藏家和商人要聚集在巴黎最漂亮的区域之一的大厅里，其中的一位只需签一张支票，支票上的金额比其他人所出的价格略略高出一点，就可以把父亲亲手写的这些纸页带回家，想到这个我也有些不知所措。仿佛有一瞬间，我看见自己也竖起手指，看见自己与所有人较劲儿，要把我的遗产重新买回来，用一个轻描淡写的手势喊出最高价，但是事实却更加让人难过：我身边没钱，根本没有办法支付这么一大笔钱。我只有听凭它们离开我。事实上，如果我对自己足够诚实的话，应当说，我并不想拥有这些纸页，把它们放在自己的家中。让我感到尴尬的只是看到它们被存放在别人家中。这些信里都写了些什么？它们揭示了什么？如果是你，你喜欢自己的私人信件被随便卖给什么人吗？卖给出价最高的那个人？

回到家里，我把自己关在书房里，仔细阅读文章的下半部分。弗兰克来敲门，我匆匆忙忙地把杂志藏在电脑后面。他只是来告诉我他要出门。也许会回来吃晚饭。在被拍卖的手稿中，有《悲伤的孩子》，《悲伤的孩子》和《陌生女人》是我最喜欢的作品。“非常特别”的三卷，记者在文章中明确道，是按照罗杰·尼米埃所希望的顺序排列的，手写稿，出版时删除的部分以及打字稿，灰色白点的精装封面，上面还开着一个个小的窗口，打开窗口，是小说手稿第二部分的一句话：“他的名字叫克拉朗斯，很奇怪的一个名字。一个就这样到来的名字。这个小男孩非常漂亮。”

我在想，父亲究竟是在怎样的影响下，给女主人公的儿子起了这么个名字。一个就这样到来的名字，他写道——但是我的父亲会任凭事情“就这样”到来吗？他十六岁的时候就读完了区里图书馆的所有小说，他能够依据自己的直觉为小说里的人物起名字吗？仅仅就靠自己的直觉？我又重新读了文章。有父亲的56封信。信是写给一位收藏者朋友的（就是和他一起去伊朗的那位朋友），一位完全意义上的同代人，布列塔尼人，喜欢收藏书，迷恋海洋学，他也有一辆和父亲那辆一模一样的跑车，但是他似乎不会用那么危险的方式去驾驶它，因为他死于疾病，现在他的继承人卖的是他那座珍贵的图书馆，拍卖物品中最珍贵的——你可别放过这个机会，因为就像《收藏者报》里说的那样，这可能会价格稍微高一点——是路易-费尔迪南·德杜什，也就是塞利纳的《北方》手稿，1 565页，是的，就是那个我已经提到过的塞利纳，让编辑的小女孩儿跳上他膝头的塞利纳，小玛丽，他觉得那么可爱、总是在沉思的小玛丽。那时是春天，我快三岁了。

“我希望能再见到她，”塞利纳写信给罗杰·尼米埃说，“她让我浮想联翩，我真喜欢她，那么美丽的眼睛！啊，你一定不会让坠入情网的人自杀的。”

作为插曲，《收藏者报》的这篇文章还附了一篇对收藏家女儿的采访，我从中倒是发现了一个挺有意思的地方，她说告别《北方》手稿一点也不让她感到难过，因为这手稿给她带来的只是糟糕的回忆。在她印象里，手稿的作者是个“非常让人讨厌”的人，她把他描写成一个穿着背心，皮肤如动物一般的家伙，“让人想起躺在脚边的两个德国羊倌身上的毛”。

塞利纳，她补充道，他说话只是为了表达仇恨——“又一个孩子，”他抱怨说，“又一个资产阶级的孩子，我讨厌孩子！”

几天以后，我收到了这个女人的来信。她告诉我拍卖的事情，非常友好地建议我，在手稿四散之前应该去巴黎查看一下。我立即和她定了时间。我提前到了。我被让进一间大厅，大厅里是木头桌子，还有堆满卷宗的玻璃橱。信件都被放置在非常漂亮的文件柜里。承载它们的载体五花八门，有大饭店的信纸，有那个时代的蓝色电报纸，有玛蒂娜·卡洛尔的照片，淫画，还有美味的皮埃罗糖果店的包装纸。我念的第一封信是署名为亨利·博达尔的一个玩笑，亨利·博达尔，旺多姆广场博达尔公司负责人，专门生产自慰器。我把信重抄了一遍，仿佛用自己的笔迹重新写一遍这些词，我就能够让自己适应它们——或者更进一步——能够使它们脱离原先的载体，将它们吸出来，还原来的纸以清白。“大约在1月10日左右，”这个又名罗杰·尼米埃的亨利·博达尔写道，“您所订购的机器可以送至您处，附有使用说明。并且，我们的一位产品展示小姐会上门来指导您迈出使用的第一步，希望您不会对本产品感到失望。如果您想将产品展示小姐留下来，超过三天以上我们将收取一定的费用，半天是45新法郎，半夜则是55新法郎。如果您接受这个价格，我个人还有一点需要坚持说明的，希望您不要过度使用自慰器，我们的产品展示小姐从来都活不过十八岁。”

接下来是常用的问候。

翻过几页可以看见一个装饰品，那是一张剪成心形的地铁票。接下来的信用的是新小说丛书（NRF）[1]

1 NRF，伽里玛出版社的小说丛书。

的信纸，信纸已经发黄。信的日期是8月27日，我出生后的第二天。那个时候，父亲正和路易·马勒在一起，他在写《通往绞架的电梯》的电影脚本。我一直等到大厅里只有我一个人的时候才开始读信。我深深地吸了一口气，开始读信，就像人们打开礼物时那样，仔细地解开缎带，想让这份愉悦更为长久。谈了很多其他事情以后，父亲如此宣布我的到来：

的确，纳迪娜昨天有了个女儿。

我曾去塞纳河边，想把她淹死，这样就可以不再听到人们谈论这件事情了。

回见。

罗杰·尼米埃

有时候，仙女垂顾我们摇篮的方式可不太礼貌。我又想起了顶在尚在襁褓中的哥哥额头上的手枪和临近的威胁，我又想起自己自杀的企图，投身塞纳河之中，仿佛正是为了在二十五年之后，执行父亲的那些语词。使之生效，完全意义上的生效，这里面，有孩子对于父母美丽的信任。这是一个简单而不假思索的姿势，晚上我经常重复的姿势，就像别人在睡前的祈祷一般。一个从外面吹来的姿势，与其说是绝望的举动，毋宁说是使命。完成它只有唯一的方式，美国的一位舞谱作家说，那就是去做。于是我做了。我跨过护栏。看小船的人看到灰色的水面上有什么东西在挣扎。我应当感谢他给了我第二次生命。

这份巧合，在宣告我诞生的这种古怪方式与我自杀企图之间的巧合——我们称之为巧合——带给我的并不是悲伤，而是震惊。我发现的东西既是对于某种真相的揭示——是日本人所说的冥悟（satori），就像是头晕目眩、光辉灿烂的那一瞬间——同时也是一种苦涩。我关上文件柜，谢了把资料拿给我的年轻男人便离开了。我真希望他能够抱抱我，将手埋在我的发间，仿佛是在对我说，现在一切都好了，最为困难的时刻已然在我身后。

读了那封8月27日的信以后，日子却出乎意料的平静起来。我和弗兰克谈了很长时间，不再有那天，我正在读关于拍卖的文章，他进入我书房时所感到的尴尬。某样东西终于平缓地找到了自己的位置。昨天，我又梦见了父亲。他站在巴黎一座大楼的屋顶上。他手里拿着一只水晶长颈瓶，里面盛满了葡萄酒，瓶塞从他的手中滑落，在我的脚边跌得粉碎。我不知道是否应该拾起这些玻璃碎片，然而它们很美，仿佛珍贵的宝石一般。我害怕会弄伤自己。我抬起头：父亲却已经不在了，取而代之的是伊凡·里波夫[1]，他跨坐在屋脊上，拉着小提琴。

我惊醒了，赶紧起床。准备早饭的时间到了，卧

1 伊凡·里波夫（Ivan Rebroff），俄裔犹太人，出生于德国，著名的男低音歌唱家。

室里，孩子们自己已经起床穿衣。我想起了浴室里的剃须刀片。想起了让·季奥诺[1]的《屋顶上的轻骑兵》。我还想起了米歇尔·图尔尼埃[2]，在他的《圣灵之风》里，他这样描述他的老战友罗杰：一个高大的小伙子，早熟得可怕，在战争结束时，一直不停地咀嚼上面发的维他命饼干。我又看见自己身处梦境，走在也许是圣-安托万镇的人行道上。我出生的那天，父亲去过医院吗？妈妈喜欢对别人说我生下来很难看。她也许是在分娩室里和别人谈起这印象，助产士还害怕她不要我呢，于是回答母亲说："不，夫人，一点也不难看，她很可爱。"瞧，这就是我所谓人生的美好起点。倒不是她说的这些话让我感到困惑，而是常年累月，只要家里人聚在一起吃饭，她就会谈起这件事情，是她的兴致让我感到困惑。就好像是被我父亲控制了一样。仿佛她要通过这个小小的逸事把话题转到父亲身上，因为如果你了解我的母亲，了解她对我们的信任，了解她对于孩子在跌跌撞撞穿过人生时所表现出来的爱，你就会发现，她对待这件事的态度根本不

1　让·季奥诺（Gean Giono，1895—1970），法国著名小说家。

2　米歇尔·图尔尼埃（Michel Tournier，1924—　），法国著名小说家。

像她平日的作为。在我看了父亲那些即将被送去拍卖的资料后，我一边走在人行道上一边就在想这个。我觉得我仿佛是在自己的躯壳里漂浮着。我听见自己的鞋跟踩在人行道上的声音，我对自己说：是你弄出的这声音，是你为你的行程标上停顿，是行程中的步伐成为反复的节奏，是你在计算行程的流量。不是你的父亲。我跟着一个穿西装的年轻男子，跟了他很久，他似乎正在和一个叫什么卡米尔的人讲电话。他在叙述自己怎样度过的这个早晨，在新的自动售货机里买的咖啡，说如果他想在月底之前结束报告的话，也许就得把报告带回家做。他叫那个卡米尔“我亲爱的”，这个在车流之间飘荡的词是如此美丽。

回到家，我在书房里找到了一册《悲伤的孩子》。我已经有很久没有翻过这本书了。早晨我翻手稿时十分匆促，印象里，手稿上是一种圆圆的，活泼的字迹。这样的笔迹里透露出一种善意，突然，我觉得能够写出这种字形的人是不会用武器顶住他的孩子的。我想到应该把父亲的笔迹送到笔迹鉴定学家那里去看看——直至现在，我仅仅止于文章本身，文章的含义，但是关于文字书写所呈现出来的这幅图画呢，纸页上文字的位置，节奏，还有，行与行之间的空白，这些都说明了什么？

这部小说出版的时候，我父亲二十六岁——二十六岁，正是我开始写作的年龄。《悲伤的孩子》里的主人公有着一副与现实稍稍错位的模样，我是那么熟悉这模样，以至于不时地也会不自禁如此。郁郁寡欢，局促不安，茫然的眼神，指甲周边的皮被啃得血迹斑斑。他们不再在天际找寻理想，在飘扬的旗帜和雕塑的长发之间，而是在地上，在地上，他们侧身的姿势使得新的冒险家与早熟的老人之间不再有什么分别。战后，他们将成为在写作、斥责与散发着恶毒气味的纸张间工作的伟人。这一切都是那么晦涩，仿佛某些包在父亲的书外的透明的封皮，但是这一切却是用如此灿烂的方式吸收、讨论，在同伴之间，这一切在被谈论着，倾听着，他人带着一种纵容，看着词语从他们的嘴中流淌出来。这些赌气的孩子的未婚妻都是可爱的木偶，他们把她们当成傻瓜来看待——然而实际上，他们也知道这不完全是事实。这一切成为一种类型，必须爱。开始时被看作是傲慢无礼，其实只是源于笨拙，一页页地写下去，变成了玩世不恭，接着就会变成空难或者车祸。在重新阅读的时候，组合起来的整体似乎已经远去，隔开一段距离，仿佛小说已经被耗尽，无能为力，仿佛一切都已经说完了：小说中人物的婚礼，那个时代的婚礼，资产阶级的讽刺，衰落，有时能够掩藏残忍情感的厌世。已经说过了，这个过早消失，正是因为没有得爱才备受人爱的父亲。已经说过了，这个在鸡尾酒会上取得让人难以置信的成功，充满诱人魅力和勇气的母亲，这个身着灰色衣装，嘴里咬着橄榄，拿起又一杯波尔图甜酒的母亲。已经说过了，卡特琳娜的灰色长裙，在右边的腰际有一个巨大的灰色蝴蝶结。已经说过了，多米尼克和她的深灰色套裙，深灰色手套，深灰色皮鞋，珠灰色羊毛衫，还有她特地写信向一位朋友订购的与这身行头相配的灰色鞋带。已经说过了，奥利弗和他那优雅的灰眼睛，两个混浊的水塘，我没有把这一切都挑出来，在开头的时候还有灰色的西装，但是我没有勇气找到那一页。我念着念着睡着了。书从我的手中掉落，等我醒来时，我在想：上帝啊，是我父亲写了这些，然后他就在年长于他的朋友们的祝福中投身沉默。他写"大蠢货”，“大笨蛋”，他写“做蠢事”，他生造出来源于英文词的法文词，这样就可以在灰色占主导色彩的法语里点缀一块玫瑰红的色彩。我拼命抓住某种文体的美，抓住某个意象的明确含义，仿佛这就能抹去宣告我诞生的那几句话：的确，纳迪娜昨天有了个女儿。**我曾去塞纳河边，想把她淹死，这样就可以不再听到人们谈论这件事情了。**

不再听到人们谈论这件事情，还是不再听到她说话？

羞耻心，应该把这叫作羞耻心。要把这句话从我脑中拔除。还要拔除这个星期，这封信就会在一个陌生人那里的念头。某个人，某个很可能认为父亲非常智慧的一个人。这一切会让那个人感到好笑。塞纳河里的婴儿，还有自慰器生产商的信。

日子一天天过去。疲惫。好像有生病的症状，大家会说是感冒，我躲在被子里得了感冒。我感到羞愧，就像一个挨打的孩子为父母感到羞愧。弗兰克今天早晨去了斯特拉斯堡，他正在筹备一个新的展览，他会把他的同名者都展示出来。这是一个他雄心勃勃想要做成的计划，为此他已经有好几个星期都不在家。我打电话给驾校，取消了月底之前的所有课程。驾校的秘书没说什么。我听见砾石小路上传来脚步声。不会是孩子们，他们正在巴黎度假，要到周末才回来。有人敲门。我连离开卧室的勇气都没有。我想将自己藏起来。我成了一个死人。有人走了进来，是我的表姐，也许。她会在厨房的桌子上留下片言只语告诉我她来过。我很后悔没有下楼。下楼做什么呢？换个想法吗？就像换裙子那样，换上装点夏天的轻盈的裙子。不会让你发痒的裙子。不会让你感到袖口不太舒服的裙子。

作家朋友今天早晨给我来了信。他告诉我，就在他结束上上部小说的时候，他突然感到非常惶恐，以至于他让邻居代替他将小说送到出版社。他根本无法让自己的目光停留在那些纸张上，甚至不能碰。他也让自己把所有的笔记，草稿，修改稿都处理掉。一直到今天，小说出版四年之后，他才能够翻阅它，但是他已经认不出这是自己的小说。他觉得这部小说与自己脱了一切干系。

在前一章，我曾经宣称自己不是一个收藏者——而且恰恰相反——然而，在我办公桌的第一个抽屉里却有很奇怪的收藏：在我长期的阅读中，我把说到身体各个部分的文章都存放了起来。文章按照身体不同的部分分类，从下往上。脚，脚踝，腿肚……我耐心地编制了一份清单，就像人们编制那种一览表一样，把每样东西放在它们该放的位置上，每个器官都有它各自的文件夹，每个身体的组成部分都有它的卷宗。我在一份卷宗的封皮上抄下了保罗·瓦莱里[1]的这句话："人只是表面的人。剥除皮肤，将之分解：见到的便只是机器。然后你就会迷失在这无法解释的物质存在之中，完全超出你所知晓的范围之外，然

1 保罗·瓦莱里（Paul Valéry，1871—1945），法国作家，诗人。

而这物质存在才是本质。”

如果说我的工作与瓦莱里所描写的这种捕捉不住的机械体系有什么相似之处——哪怕并非时时如此——我倒是觉得自己的工作有一定的进展。然而不，我并没有什么进展。我只是在读，在剪贴，在分类，仿佛这本质的，无法解释的东西过于咄咄逼人，唯一拯救皮肤的办法就只有巧施妙计、有理有节地将它控制住，仿佛这样我就能够重建父亲四分五裂的身体。重建，是为了将他保存下来，然而控制在一定的距离之外，因为与幽灵在一起生活着实艰难。也是出于同样的想法——再说我自然不能够把这些笔记用于任何文学创作的计划——很长时间以来，我对有关人体的词汇、谚语和名言非常感兴趣。比如说，脾脏浸在奶油浓汤里（着急），胃都翻了过来（恶心），或者德语里的表达，说“没能落在嘴上”也就是法语里的“饶舌”的意思。我把这些也都编了目录，整理好。心胸狭窄的人永远不会变宽；齿痛之处，舌头必至；一毛足以成阴；千万不要在寡妇堆面前露出阴茎，全世界有成百上千这样的词——最后这一个出乎意料的词来自伊拉克，不过，就像在谚语词典上斜体字所暗示的那样,在巴格达也许最好是说:不要在空肚子面前掏出面包。

词语,这是我唯一喜欢收藏的东西。它们不会堵住我。它们的堆积从来不曾像物体的堆积一般,会在我体内引发窒息的感觉。我问自己是为什么,出于什么样的奇迹,它们能够避开可以普遍适用的准则。也许在命名时我们能够摆脱世界沉重的一面。就在这几行白纸黑字之间,世界变轻,仿佛玩具锡兵武装了真正的氦。我想象着父亲笔下的轻骑兵飞过屋顶。他的武器收藏,有着那种小小的翅膀,会如同飞蝇一般快速地扑扇着。有些卷宗已经很厚,比如说关于眼睛的,头发的,可是有一些就少得令人绝望了,比如下巴。书里很少谈及脸上的这个部分,或者即便谈起,也总是一带而过,插曲性的,双下巴,三下巴,不太引人注目的下巴或是正相反,厚重的下巴,但是,从来都不会有进一步的描写。我第一个驾驶教练的下巴非常富有表现力。他不高兴的时候,下巴上会出现一个个小洞。不是小酒窝状的小洞,而是更像蜂窝。倘若我做错了,比如说在看反光镜之前就打了信号灯,他就会用很大的气力踩刹车。每一次,我看到他这样就会觉得喘不上气来。然后他又会用温和的声音把道理讲给我听。那是一种蜜一般的声音,仿佛会从他下巴的洞洞里流下来一般。我讨厌这种行为方式。它让我想起小时候哥哥对我实施的折磨。每次哥哥在侵犯了我之后都会立刻用微笑或是一句温和的话加以平复。而我总要很长时间才能回复平静,仿佛踩下刹车的时候,教练恰恰触到了我身体内部那个写着"你永远不会驾车"的地方,这是源于害怕受伤的命令,狭义及引申意义上的受伤,害怕不能通过,同时也害怕因为我的笨拙会造成事故,将我重新抛入家庭噩梦的中心。

这忧惧究竟位于何处?在哪里?

我无法确定它真正的位置,然而它应该是位于我小腹与腹腔神经丛之间的某个地方,有时会一直上窜至心,这里的心不是指的器官本身,而是我们说"心疼"或者"心里难过"时所指的这个略有些模糊的区域,因为害怕在某种程度上也是恶心,每年夏天,在去圣-伯里厄克的汽车上,用浸了芒果酒的白糖压下去的恶心,仿佛每一次,经过埋着父亲的公墓旁,要通过这样的事情做一个通过词语永远不能做的标记。害怕不仅仅是我在上面所提到的一种气息，它也是如同截断了一般不能再往前迈的双腿，是无法言说，无法叫喊，无法保护自己避开危险，我的声带也加入了身体从上到下这奇怪的循环，面对迎面而来的暴力本能的无能为力。在我的少女时代，有好几次，我在地铁车厢里遭遇到男人的侵犯，他们试图摸我，或是一边说下流话一边露出“尾巴”，然而我除了逃向否定，别无他法。我看不到。听不到。感觉不到。我直通通地站着，眼神茫然，只是在和自己斗争，而不是和别人，我竭力控制住自己，不让别人看到我在抖。回到家中，我总是把自己关在房间里哭。这份脆弱在几年之后，当我面对同样性质的事情时已经有所好转——我需要一个人躲在角落里准备很久，对自己重复很久才行——但是我仍然保留着这种接近病态的羞涩。比如说，我还是不敢对教练说他那么粗鲁地踩刹车究竟造成了怎样的效果。我只是勤奋地练习，直到换了驾驶学校，我才开始意识到教练这样粗暴地踩刹车其实对于我的学习进程而言，是非常可怕的障碍。新的教练是个年轻人，目光友善，在第一节课上坐着就已经判断出我失败的主要原因之所在，我对待方向盘的最大问题是什么：每次我觉得有困难的时候，我总是屏住呼吸准备迎接危险的到来，就好像是准备好接受别人给我空空的胃部来上一拳似的。他先教我在做一个哪怕是最微小的动作之前该如何呼吸。他的教学方式颇为幽默，不过也很坚持，直至我已经习惯成自然为止。“来上一小口气。”每次我们到了一个复杂的路口，他都会这样说，在加速之前来上一小口气，如果有迫不及待的车子开灯示意超车，也来上一小口气。他有一整套的词汇，无所不包，从厨房用语的拉丁词汇到诺曼底方言，还有我不太弄得明白的电视游戏里的词汇，我没有电视，不过，他每每用很严肃的口吻发出这些词汇的时候，我都觉得很好笑：我想这方法应该很奏效。我已经开始体会到驾驶的乐趣。我和他学了很多东西，当然也许对通过考试没有太大的帮助。

从昨天开始，我又开始去驾校上课。而和埃利奥、莫尔兰一起，我们将进入钟表匠埃尔穆克斯·当达摩克[1]的奇遇。我们每个人高声念一段，这是游戏的新规则。

1　埃尔穆克斯·当达摩克（Hermux Tantamoq）是作家米歇尔·厄依（Michel Hoeye）的儿童幻想系列小说的主人公，它是一只小老鼠，职业是钟表匠，养了一只小瓢虫。

在房间的那一头有个饮水机，我朝那个方向走去，装出一副交易大厅熟客的样子。我用想象中弗兰克的声音对自己重复说，你是一个熟客，你经常来，你在一个小本子上记东西，你也许是个记者，或者是个珍本收藏家，在入口处，他们没有问你任何问题，你甚至可以翻阅各个房间里即将拍卖的商品目录，你没有什么好自责的，没有人像要你难堪，你口袋里几乎一文不名，可是没有人知道，你穿着优雅，优雅，或者还是应该说得体吧，你的皮鞋上过油，别人没有任何理由把你扔出去，你不是个骗子，怎么说呢，不是个女骗子，你有权利留在这里，有责任留在这里纪念你的父亲（不过，我们还是不要夸张的好）——我拿了一个塑料杯子，盛满凉水，我的手在颤抖，然后我又接了第二杯，喝水对我有好处。附近没有垃圾桶。我把杯子放在水桶上，似乎不太稳，然而到底也是站住了，哦，不，它掉不下来，也许最终会掉下来，但是我很快转过身，不想看见它掉下来。

大厅里满满的人，人们在交谈，似乎很多人彼此相识。所有的椅子都被占了，我在通向办公室的台阶上坐了下来。几个衣着整洁完美的年轻人在我右手下方坐下来，那里的桌子上接着一串电话线。一个身穿蓝色围裙的人正在中央收银台前试验手套的弹性。两个坐在第一排的金发女人则在用手背比较她们口红的颜色。拍卖估价人用一个干巴巴的手势拽了拽领结的两边：拍卖开始。他宣布了这批拍卖品的件数，似乎是两百五十件，他还说了一些别的什么，我也没有听见。大厅终于安静下来，第一本书的拍卖开始叫价。是一本初版书，书已经有点旧了，是安托南·阿尔多[1]的作品，犊皮纸版本，沼泽地的那种纯净纹理。几乎没有停顿，有人便竖起手指，然后是第二个，接着又有一个，仿佛一切都是事先安排好似的。

“好，赶紧，都考虑好了吗？没有人再要叫价

1 安托南·阿尔多（Antonin Artaud，1841—1904），法国诗人，剧作家，戏剧导演。

了吗？”

不，没有人再要叫价，小锤子落了下来，然后开始拍卖第二件物品，是一本非常特别和罕见的书，拍卖估价人极富经验地吹嘘说，这本书的名字叫作《妖精——不是所有的魔鬼都在另一个世界》。作者叫百里香新大陆的贝比吉埃[1]，他的一生都在抵抗来自另一个世界的力量，借用讽刺或者药用植物将之推开。接下来是两本雷翁·布洛瓦[2]的书。靠近门口的人乱哄哄的。我本来以为这里的人会更紧张，更守规矩一些，是的，所有的一切都缺少注意力，缺少维系，就像毕松农庄的那位女演员所说的那样，只有穿蓝色围裙的人的舞蹈仿佛给了整个场面一种气势。他们的姿势非常到位，他们用完全相同的方式展示拍卖品，同样严肃，不管这是一本没有什么商业价值的书，还是什么其他的打字稿。我喜欢这种做事的方式。不加评判的做事方式。整体当中的每一个组成部分都有它的重要性，它的历史和用途。一座图书馆既有插曲性的作品，也有杰作，是由它们共同组成的一个整体，

1　百里香新大陆的贝比吉埃（Berbiguier de Terre-Neuve du Thym，1764—1851），法国作家。

2　雷翁·布洛瓦（Léon Bloy，1846—1917），法国天主教小说家。

遵循一种与经济范畴无甚关系的珍贵秩序而相互依存。他们知道这一点，这些穿蓝围裙的男人。

人们似乎无视蓝围裙所呈现的礼仪场面，一群买者在大厅尽头低声讨论着什么。他们当中的一个人拿出一个茶褐色的小盒子给别人看，而此时正在拍卖安德烈·布勒东年轻时的一本诗集，是原来的黑色人造革封面记事本，金色侧边的纸张，曾经归保罗·艾吕雅所有。《悲伤的孩子》的手稿大概是要到最后才拍卖，在塞利纳的《北方》和人们所期待的亨利·米肖[1]的作品之后。坐在椅子上的人似乎都觉得很热。每隔五分钟不到，不是这个脱了羊毛衫，就是那个脱了外套，原本坐得很紧凑的一排排人群中便涌起一波波干扰之浪。我就这样观察了足足一个钟头，几乎坐在我的台阶上一动不动，因为害怕别人会让我离开，说不够安全或有碍观瞻之类的话。我坐的位置正好是去厕所的必经之路，很多人在那里打电话或者查询信息。有一位身着白色套装的年轻女子就站在我前面一点。她一头长发，脑袋晃动的时候，长发也随之飘动，就像七十年代的蛋液香波广告里一样。我得以

1　亨利·米肖（Henri Michaud，1899—1984），法国作家，诗人，画家。

从她手上的目录了解到拍卖的进程。几乎才进行到三分之一。照这个速度,有关父亲的拍卖品一定得等到傍晚。我决定去外面透透气。我感觉到那个穿白色套装的女子的目光一直追随着我到门边。由于我转过身,她冲着我报以信赖的微笑。一个天使,我想,这个女人是个天使。

我到的时候还没有注意到,陈列廊的橱窗全都有关拍卖。在其他资料之间,《收藏者报》上复印下来的那张父亲的彩色照片也赫然在目,就是那张在船上拍的照片。照片的感觉有点像是剧照。大海的蓝色里仿佛有着某种不真实的意味。过度曝光,就像电影院门口贴的招贴剧照。照片上的人物也不像是真的,被搁置在一张棋盘上,而棋盘随着一只陌生的手所谓自然——其实也许是最不舒服的姿势——的姿势飘荡着。我想起了波兰斯基导演的《水中刀》。想起了梦中如同走钢丝演员一般在我出生的医院屋顶上行走的父亲。一个金发女人坐在船上,戴着太阳眼镜,在看什么人,我们看不见那个人,只能看见那个人放在舵上的一只手臂。焦点聚集在越桥而过的绳索上,桥将三个人物彼此分离，是的，绳索是极其清晰的，其余的一切都有些微的模糊，仿佛摄影师想要将重点放在禁止这个词上。我父亲显得很高。实际他究竟有多高呢？我的父亲，我喃喃地说。藏在书后的，是我的爸爸。礼仪性的问题停下了，接踵而至的是所有补充性的问题。有个爸爸究竟是怎么一回事呢？一个三维的爸爸，声音，目光，色彩都在变化的爸爸？如果爸爸不是那么早地去世，我又会是什么样子呢？我能考出驾照吗？

我趁拍卖贝尔纳·弗兰克[1]的《老鼠》（一本尚未切页，装在有机玻璃封套里的书）的工夫回到了台阶那里。贝尔纳·弗兰克在家族神话的叙事上占有重要位置。这是他为《现代》杂志撰写的专栏文章合集，而他也由此成为“轻骑兵”的一员。看到我回来，身着白色套装的女子冲我眨眨眼睛，算是和我打了个招呼。当她侧身紧贴扶栏让我过去的时候，我瞥见了她的内衣，有着非常细腻的花边的那种。作家们排着队经历这套没完没了的仪式，从夏尔·戴高乐一直到鲍

1 贝尔纳·弗兰克（Bernard Frank，1929— ），法国作家。

里斯·维昂[1]，还有阿娜伊丝·宁[2]和雷蒙·格诺[3]。位于我下方，接听拍卖电话的一个年轻女孩儿不停地在和同伴咬耳朵。我在想他们究竟在说什么。她的同伴好像很信服的样子。突然，大厅里有一阵骚动，路易-费尔迪南·塞利纳的手稿终于宣告开始拍卖。在介绍了作品和拍卖物品之后，拍卖估价人还念了一句书封——书封是亨利·麦歇[4]做的，他把四卷书重新装订在一起——上的一句话："德杜什医生 / 吉朗东街 4 号 / 似乎没能传染到 / 任何可传递的情感。"

大厅里爆发出笑声，拍卖的起价是二十八万欧元，几分钟以后，到达三十六万欧元的顶价。锤子落下，一阵喧闹。《北方》成交后，很多人离开了现场，包括那个拿茶褐色小盒子给别人看的男人。我坠入一种非常奇怪的心情之中：一方面，看到父亲的手稿和信件——尤其是信件——会呈现在更为私密的受众面前，我松了一口气，然而另一方面，想到它们有可能以一个不算很贵的价格被出让，我又觉得不太舒服，似乎这会对父亲作为作家的工作价值提出质疑，并

1 鲍里斯·维昂（Boris Vian，1920—1959），法国小说家，导演。
2 阿娜伊丝·宁（Anaïs Nin，1903—1977），美国女作家。
3 雷蒙·格诺（Raymond Queneau，1903—1976），法国作家。
4 亨利·麦歇（Henri Mercher），法国著名的精装书封面设计者。

且，质疑的不仅仅是他的工作，还有他作为父亲的角色。

此时，雅致的，悬挂在钢缆上的氖灯亮了起来，照耀着玻璃顶棚。我累了。人们可以顺从，也可以不在场，是的，不在场，把自己放在自身之外的地方，就像把一个孩子放在别人家寄养一样。我努力集中精神，盯着拍卖师看。我觉得他嘴唇的动作和他所说的词语不太吻合，就好像是在看一场做得很糟糕的译制片。这场面里究竟用的是怎样的语言呢？他那编了码的话语又是冲谁说的？下面的那群人，我根本无法融入。我又想到了第一本被拍卖的书的作者，那个百里香新大陆，他觉得医院里的医生、护士就是一群妖术在身的无耻的妖精。那个戴领结的男子究竟是谁？还有这些站成一排的小伙子，在他们漂亮的外表之下究竟掩藏着什么？有什么东西落在我的手上，我朝天看了看，不，大厅里不会下雨：是血，落在我的肌肤上。从我鼻子里流出的血。我站起身向卫生间走去，不再让自己沉浸在遐想之中。想象里没有任何可以期待的事物，没有任何东西可以阻止父亲的信件即将四散的命运。没有什么复杂的,就是如此简单,做一个手势,竖起手指。举起号牌。签署支票。得到许可。血缓缓地流下来。身着白色套装的女子回过身来,一下子就弄明白发生了什么事情,她做了个手势让我耐心等一会儿。我注意到她身边的阶梯上有一个红点,我必须提醒她,以免她弄脏衣服,我得请她原谅,但是她已经递给我一包纸巾,非常滑稽,纸巾上印着色彩各异的奶牛。我可不曾料到这样的童趣会来自她。我又想起了我的外祖父,那个叫我"小肥妞"的外公。想到外公的那个金属奶桶,还有奶桶上用一根绳子拴着的桶盖。白色套装女子问我感觉怎么样。说如果我愿意,她可以陪我去卫生间。有几个人在看着我们俩。我垂下眼帘,表示不用。此时开始拍卖父亲的通信。接着成交,买主是通过电话成交的。卫生间干净得一尘不染。血滴落在盥洗盆的釉面上。一点也不疼,圣-盖-波特里厄的保姆坚持说,比如说就着水龙头切开动脉,一点也不疼。她那天究竟是和哪个朋友在谈论自杀的事情?他们知道父亲曾经企图自杀吗?

等我重新在台阶上坐下,《西班牙大公》已经易手,《悲伤的孩子》也是如此。拍卖结束。白色套装女子好心提议去旁边的咖啡馆喝点东西，大厅里实在太热了。我们面对面地坐着。我想起了桑西亚蕾的儿子。《女信使》，他母亲写的，伽里玛出的小说，不在拍卖清单之列。

“通常情况下，”年轻女子微笑着说，“拍卖会更好玩一些。”

我做了个鬼脸。为什么应该笑呢？一个人花了毕生心血收集来的书四散了，这就是刚才发生的事情。

“我倒是觉得，”我终于开口说道，“觉得这种事情很可悲。”

她垂下眼睑。我恨自己用如此激烈的方式回答她，实际上可悲的是我，是鼻孔里塞着一小条餐巾纸的我。她坚持饮料钱由她来付。我们在咖啡馆门前分手，彼此交换了地址。我经常会想起她，想起她的美丽，还有台阶上的那滴血，就在她白色长裤旁边一点点的位置。

似乎过了童年时代之后，我的鼻子已经很久没有流血了。我在学校时经常流鼻血，这会突然流出来的血倒是给了我某种愉悦的记忆。它让所有人感到震惊，是不经努力、毫无预谋而取得的胜利。班长会陪你去医务室，而你呢，将头微微仰着，扮演着大拇指[1]的角色，走廊的地板就好像是大拇指的森林。

回到家里，这是你要宣布的第一件事，仿佛是场爆炸一般。大人用棉签轻柔地为你擦去最后的血迹。把你的夹克脱下来浸在冷水里，是的，在那个镇上，我们都穿夹克，而且男生和女生之间用墙隔开，没有一丁点知道为什么要进行这样分隔的希望。对此我们只是好奇吗？我不这样认为。其实事情就是这样的，

1 大拇指是《格林童话》里的角色，他是个聪明的男孩，个子只有大拇指这么点大。

女孩在一边，男孩在另一边。天经地义的事情。我们分别在两个并行的世界里生活，似乎没有一个学生为此感到痛苦。只有幼儿园是男女同校，然而在我的记忆里，却并没有哥哥和我在操场上共同玩耍的情景。学校生活所留给我唯一确切的记忆就是在学校楼下大厅里颁发给我的**沉默女王**的称号。我能够非常确切地看到那门，那通向房间的走廊，小方格的大大的窗户，如果说我已经记不起老师的面容和名字，我却能够清晰地回忆起老师在全班同学面前给我冠以这样的称号时，我脸羞得通红。沉默游戏的存在是我从一个女读者那里得知的（在此对她表示感谢），据说这是老师们经常使用的一种让学生安静下来的技术，那个女读者觉得这种方法，这种由玛里亚·蒙台索里[1]大大发展的实践运用现在已经遭到了贬损。在这种游戏中，对孩子们下的简单命令就是让他们在整理诸如玩具、椅子等东西或叫到他们名字让他们走动时尽可能少发出声音。渐渐的，班级里就安静下来，他们开始能够察觉到大街上的声音，别的班级的声音，最后是来自他们自己身体内部的声音——他们的心跳，

1　玛里亚·蒙台索里（Maria Montessori），意大利著名女教育学家，心理学家。

他们的呼吸。

在这样的时刻，女教育学家写道，发生了一点什么，非常强烈，非常私密。“我们，”她说，“触到了儿童的灵魂。”

我在楼下大厅里所感觉到的，是这样的一种情感吗？我喜欢这样想。几个月后，收到父亲这张明信片的时候，我也是这样的一种情感，在明信片上，父亲用大写的字母问我：

沉默女王在说什么？

如果说这句话让我如此震惊，如果说我觉得自己必须将这句话重新一遍遍地誊抄，那是因为这句话对于当时我那样的一个小女孩来说，是一个根本无法解开的谜，一个残忍而充满魅惑的谜，简述了作为一个儿童的所有困难所在。一个在当时可以这样描述的谜：沉默女王如何才能说好话，然而同时又保有她的这个称号和父亲对她的爱？

或者还可以这样说：如何才能在不说话的同时说些什么？

我被难住了。坠入了父亲设下的智慧陷阱。

我的母亲完全不知道这件事，不过在第二年，她就为我提供了协调这些彼此矛盾的指令的方法。她给我起了个绰号，叫我“消防队的美人鱼”，借以嘲笑我尖厉的声音，她为我提供了第一选择的暗示。最简单的解决办法不就是将自己一分为二，就像美人鱼一样？既是女人，同时也是鱼？唱歌，然而不说话。鱼不说话，就像我第二部小说的主人公长颈鹿。这里有一种令人发笑的逻辑，因为这逻辑与文学无涉。我们可以用另一种方式来解读这前因后果，从关于美人鱼的故事到色情故事中划出长长的一句话，讲述的也许都是芙蓉出水、身体重新得到统一的故事。我们甚至可以说这二十来年的小说所讲述的就是身体的复活，我们会惊讶地发现有多少例子可以用来证明这直觉。如果我们把一本本的书当成彼此相连的事件，而不是当成已经结束、关上大门的客体，一切似乎简单许多。我们还应该接受一点：作者们也因超越他们自身的问题而彼此相连。

为了表达出这个假设，我走了一条危险的弯路。很小的时候，我已经开始和我的灵魂分房而睡，很小的时候就是这样，直到投身塞纳河。我既是一个会在同学过生日时声嘶力竭唱歌、充满生命热情的小女孩，也是一个时时感到厌烦的沉重的孩子。两个人勉勉强强在同一个名字下生活在一起。我经常想到死亡。我自己的死亡，必须澄清一下，不是父亲的死亡。我很有想象力。

在一篇十五年前写的文章里，我重新找到了这些话，我觉得很有必要在这里抄录一下。

杀死自己，为了沉默，因为这两个动词的变位如此相似。[1]

杀死自己，为了不背叛任何人，信守诺言，也要信守秘密，要保护用来防卫不可侵犯的秘密的武器。一个没有证明的秘密。一个被关在简单问题里，上面系了两道结的秘密。一个由六个字组成，日复一日强迫你找寻和放弃的秘密。

找寻，为了活下去。

放弃，为了活下去。

1　法文中沉默（se taire）的过去分词与自杀（se tuer）的现在时词形相仿。

自从我自杀之后，并且在这自杀的企图引起了一系列的后果之后，故事发生了复杂的转向。我再也不能够借助死亡来完成父亲的这道算式。我失败了。我再也不相信死亡。我丢失了信仰。必须找到另一条道路。一条不是那么威风凛凛的道路，被撇在一边的道路——我很难和别人在一起相处，因为别人，我的家庭，我的朋友，他们都想知道我究竟遇到了什么事情，为什么我要投河自杀，而我根本无法和他们解释我自己也没弄明白的事情。他们当中的有些人非常恼火，说我这是装模作样，以死相要挟，我觉得他们仿佛对我能活下来感到非常愤恨似的。写作此时仿佛成了能帮我走出困境的办法。也是一种回答——仍然需要回答，而且一直需要回答——父亲的双重指令的方式。小说家不正是在沉默中讲述故事的人吗？不正是在沉默的同时说话的人吗？

那个时候还没有写小说。无论如何我都不想以这种方式与父亲相逢。不仅仅是因为我觉得自己能力不够，而且我没有这样的愿望。于是我借助于一种偏离的方式（反正我今天认为是偏离的一种方式），如果说那时候我成天把自己关在国立图书馆的穹顶之下，我是想写申请博士学位的学术论文，我得到了一笔奖学金，它在我继续完成学业的决定中扮演着不可忽略的角色。必须挣钱养活自己。我觉得自己没有勇气出席在演奏会上，更没有勇气登台。

我用了“学术论文”这个词，而没有直接使用“博士论文”，因为这很好地反映了我做这项工作时的精神状况。我没有任何论断[1]需要辩护。对于我来说，这只是一种逃避，躲进另一个被围起来的话语世界里，在别人的书中重新发现一种勉强的统一。也许，随便什么主题我都可以做，但是我没有随便做一个别的什么主题：我投身于对美人鱼神话的研究。我是在

1　法文中，博士论文（thèse）与论断是同一个词。而博士论文与硕士、学士的论文用词是有区分的。“thèse”一词专指博士论文。

听到一位大学教授在广播里谈到他对各个时期吸血鬼人物的研究之后，产生了这个念头。我觉得这里面有值得思考的东西。

我每天都去图书馆，就像人们去上班一样，坐在同样的位置，在同样的地方吃饭，冬天喝一碗日式的汤，天气晴朗的时候，就在鲁夫瓦广场的长凳上吃一块三明治。我喜欢看别人吃饭。我非常谨慎地观察他们。我喜欢看他们咀嚼，喝水，发出吱吱嘎嘎的响声，舔嘴唇。我喜欢看到他们享受唇间的乐趣，在所有人面前，这真是一种极其美好的无知无畏，摒除了一切自恋反应，只是觉得满足了最主要的需求。吃，对于他们来说，是一件非常自然的事情。自然，可是，在我看来，这从外到内的过程却非常令人不齿。

将近两点钟时，我会重新开始工作。我阅读所有落在我手里的书，从火车站小说到讲述古希腊的书。我做笔记，很多很多的笔记，这些笔记至今仍然堆放在壁橱顶上的一个硬纸盒里。我喜欢到地下室去查旧档案，按主题分类的档案。我抽出木橱，在地下室的某个角落找张桌子坐下来。我不想很快完成。我不断埋下离题的种子。一个词呼唤着另一个词的到来，而时间就这样让人毫无觉察地流淌着。

夜里，我睡得很少。夜晚很难度过。

一年之后，我完成了一大部分的资料收集工作，学校也通过了我的论文大纲，不过我很明白自己不会写那几百页大多数时间躺在图书馆——哪怕是国立图书馆——的书架上睡觉的论文。我和新的导师之间的关系还不仅仅是疏远，他基本上只关心自己的著书立说，对学生的研究工作没什么兴趣，除非学生的研究能够被用在自己的工作上。我要这张文凭又有什么用呢？要从事什么样的工作呢？就在这时，我在一座桥上——又是一座桥——决定性地遇到了一个叫欧仁（Eugene）的人［按照发音应该是“尤金”（iudjine）］，他和我一样在等放焰火——那天是7月13日，国庆节的前一天。他戴着一顶帽子，身着颜色鲜艳的背带裤。他是英国人，从事出版工作，非常热情。我们开始交谈。当我告诉他“我平常都做些什么”的时候，他显得异常兴奋。一个像我这样的年轻女孩竟然把所有的时间都用在读“美人鱼”的故事上，他觉得奇妙极了，或者可以用另外的什么我也不知道的形容词，反正不管怎么说，他的激情也感染了我。我们分手的时候，他给了我地址，说我可以把带有若干插图的论文大纲寄给他。他真这么想吗？他说自己很想出一本有很多插图的，关于美人鱼的散文。

我去度假了，回到家中，答录机上有弗朗索瓦兹·维尔尼的留言，她那时是伽里玛的编辑。她说想和我见一面。她的朋友欧仁和她说起过我。

几天以后，确切地说，是我二十六岁生日那天，8月26日，我和弗朗索瓦兹·维尔尼在塞巴斯蒂安-波旦街见了面。她和人们通常所想象的那种巴黎第七区的文学总编的样子相去甚远，我立刻觉出对自己颇有信心。她匆匆读完了我的论文大纲，透过缭绕的烟雾看着我，头微微偏在一边，努了努下嘴唇，然后，似乎一切都那么顺理成章，她建议我尽快就美人鱼神话写三十页左右的东西，只是用第一人称来写。我确实这么做了，可是当时除了满足她的要求以外，没有任何其他的想法。而在第二次见面时，她没费一点口舌就说服了我，把这几十页的东西变成了一部小说的开头。

考官是一个年轻的金发女子，面容忧郁，经常用手掌去抚平自己的裤子。她的口令非常清楚。在考试过程中，她没有给我设置任何陷阱。她的头发用平平的发夹别住，很像我在镇里上学时用的那种发夹。在她的颈部有几颗美人痣，她还打了耳洞，不过看样子她不经常戴耳环，因为耳洞几乎看不见，又重新长实了。

我平静地驾驶。平静地呼吸。手有点儿凉，不过除了这一点，我觉得自己还是很有办法应付一切的。我成功插进左边的空当，对此我感到非常骄傲。轮胎没有打滑。我也没有熄火。我仔细地察看周围，稍微瞥了一眼车门的位置：轮子都在它们该在的位置上，离人行道几厘米的地方。

“我们走吧。”年轻女子拉了拉她的长袖羊毛开衫说。

我重新出发。昨天对我来说还是如此复杂的事今天却简单得如同孩子的游戏。我以前怎么会那么笨拙呢？时间的问题，只需要给一点点时间，别人就能够学会新的语言。我想象着自己向表姐宣布好消息的样子。或者我可以开着车子到火车站去接她，就好像这一切都非常正常似的。非常正常，不是吗——没有比取得驾照更正常的事情了。取得驾照，并且使用它，和两个孩子一起生活在乡村，这是再正常不过的事情。

应该向右转，然后再向右转，考试就结束了。完成一圈，回到原点。一个阶段结束，迎接下一轮的挑战。越过肩头的一瞥，闪烁的信号灯。考官在不停地轻咳，她的手握成拳头，放在嘴巴前面，仿佛要吐瓜子壳一样。回到国立就业中心（ANPE）的停车场后，她转向我，脸上浮现出一个苍白的微笑。我觉得她很美。她直视着我，向我宣布了她的结论：在公路上加速不够，在单向行驶时车身位置有问题，总的说来，开车缺乏主动性。

听到她的声音，我呆住了。又要退后，必须往后退，重新开始一切。主动采取措施。超越，超越自我。我会坐进车里，我会怀疑这张没有阴影的脸，被节制饮食所构成的规律生活之粉抹得光滑无痕的脸。我会满怀疑虑地瞥一眼这竖得笔直的脖子，太直了，就好像反面有支撑一样，我不会过多地停留在她的美人痣上。不，她的美人痣不值得我在这一路的逗留上停留，我会仔细端详她细腻的眼部皮肤，这份脆弱提醒我，不管发生什么，我都应该停下来，严阵以待，我看见了一切，是的，一切，汽车，行人，广告牌，我没有放松警惕，我看见了她透明的血管。从她嘴唇一角延伸出去的血管。还有太阳穴上的血管，一跳一跳的，仿佛要跳出这她不喜欢的身体。手腕附近的血管藏在她羊毛开衫的袖子里，但是我可以猜到它们的存在，不，我不会忘记她手腕附近的血管，发生的一切都对我极为有利。这个词我们已经不太用了，“羊毛开衫”，然而考官的确在贴身上衣外穿了件羊毛开衫，除非是件背心，是的，也许是件羊毛背心，但是羊毛背心与羊毛开衫之间究竟有什么区别？你知道的，是吗，你知道这之间的区别？你对这一类的事情感兴趣，是吗？

我还没有醒来，突然间我的头很疼，一种迫使我闭上眼睛的痛苦，当我重新睁开眼睛，所有人都在，一动不动，有重影的女考官，整个人都有重影，还有她的耳洞，仿佛这两个洞洞能够将她吞噬，那个不喜欢褶皱的女考官，突然间有些模糊、接着干脆成了一团薄雾的女考官，此时她让位于一块特写镜头下的肌肤，一块长满了汗毛的肌肤，上面还落上了一小簇羊毛，好像是披肩上起的那种小球球，坐在汽车后座的驾校教练员正冲考官弯着身子，似乎在填什么东西，他的手在我的眼皮底下晃动，在我的鼻子底下，还有手的气味，酸酸的，手的气味竟然可以这样难闻，而我像个傻瓜，满眼的泪水弄得我视线模糊，愚蠢的泪水挣脱出眼眶，顺着面颊流了下来，这泪水不会让任何人产生同情之心，不能丧失勇气，不要放弃，考官仍然会一遍遍抚平她的裤子，她会给我第二次机会，让我可以重新赶上，可是什么也没有发生，只有仪表盘上时间的数字在一点点地往前进，我必须屈服于这个事实，没有第二次机会：我已经第四次考驾照失败。

“我真是非常抱歉，”教练为我打开驾驶座一侧的车门，站在那里说，“在公路上，您应该超过那辆卡车的，您有充分的时间……”

时间？是的，也许吧，可是一切都很好啊。卡车在开，我也在开，我还能非常清晰地回忆起那个时刻，宁静的时刻，我只要小心一件事情：那就是注意保持安全距离。在卡车车尾和我车头之间的距离是不能缩减的，我能够看见那辆卡车，几乎都能碰到它了。我喜欢感受这种空气的滞重，这种经过长期学习得来的抵抗。在我们之间有一团看不见的气。不是包裹囚犯的那种气，那种贴着你脸不怀好意游荡的气，也不是在切除扁桃体手术前让你吸了失去知觉的气，而是一团保护性的气，直径就是两条白色规范车道之间的距离。在某种程度上是一个外置的安全气囊，别人都看不见，可是对于我们俩来说异常珍贵。我们俩，卡车司机和我，只是出于偶然我们的行程彼此相连。我真希望这一时刻能够永远延续下去，因为我觉得一切在此时显得那么简单，就好像停留在非常幸福的时间里一样，但是卡车往城中心的方向开去，于是我一个人停留在右车道里——直到此时我才加速，年轻女人用舌头抵住上颚，发出了一记响声，然后说了一句：**这就对了**。你听到了这句简短的评语，**这就对了**，或许是**终于对了**之类的，反正是很让人放心的什么词，然而，躲在她城里人特有的苍白皮肤之后，她已经打定主意让我再考一次了。

驾校的教练试图找到什么话，重新给我希望。下一次，他开口说，但是考官极其疲惫地看了我们一眼：她这一天尚未结束，还有其他的考生在等着呢，年轻人，也有已经不年轻了的人，他们在后面一点的地方等着，手里拿着身份证，他们不敢上来。

"您应该去找个针灸师，"教练陪着我走了几步，说，"或者别的什么……"

别的什么？是的，也许是别的什么。他用胶底鞋轻轻蹭着走廊的踢脚线，仿佛是想摆脱考试时所积聚起来的压力。他的鞋子是米色麂皮的，在大拇指突起的地方泛着微光。

答录机上，弗兰克留了言。他只是想知道"我考过没有"。我没有勇气打电话给他。我并不失望，而是恼火。我的自尊心受到了伤害。这是一种不怎么值得尊敬的情感。很难和人分担。孩子们放学后都安慰我说，不要紧，妈妈。尽管不知道，可是他们不约而同地和教练说了一样的话：下次肯定行。我在想他们是否真的相信这一点。埃利奥应该学的是以-eindre，-aindre，-oindre和-soudre这几个词根结尾、按照第三组动词变位规律变位的动词。莫尔兰学了一首勒内·吉·卡杜[1]的诗，关于苹果的。还要在家庭联系簿上签署意见。坏消息，老师写道，虱子又卷土重来——然后是一些实用建议。

我想到考官头上的发夹。我在想她头上有没有虱子。在想她有没有从车子的弹性头靠上传染到虱子。

1 勒内·吉·卡杜（René Guy Cadou，1920—1951），法国诗人。

通过一位在电视台工作的朋友，我找到了在父亲墓前接受采访的那个人。你还记得吗，就是那个一头白发的人，那个在车祸那天见过罗杰·尼米埃的作家。确切地说，我没有能够找到他，不过他们答应我将他说的内容复制一份给我。这录像带在录像机里待了好几天，在《疯子皮埃罗》和《太空怪物》之间。昨天晚上我终于看了这盘带子，得知了很多我已经知道的事情。还有一些更为神秘的事情。出事的那天，父亲怎么会在王家桥的酒吧里喝上一杯后再到莱纳街附近的一个面包店用午饭呢。安托万·布隆旦在那里，昏昏欲睡的。父亲让他到西蒙娜·伽里玛家洗个澡。路易·马勒也在那里，在谈论关于《鬼火》的改编计划。午饭却是另外三个人一起吃的，只有三个人，美丽的桑西亚蕾和她的一位朋友——就是后来成为圣-伯里厄克墓前证人的那位。这个人完全被征服了。完完全全被吸引，他不断地重复说，被罗杰·尼米埃的才智所吸引，他的智慧。午饭结束时，我父亲坚持要送他一副背带。你想想，走进一家男士服装店，为一个你几乎不太认识的人买一副背带？我很喜欢这个举动。接下来的我也很喜欢：在洛朗佐商店——就是他们去的那家男式服装店——门口，父亲用同样的肩带将他的雨衣固定在年轻女人的头上，给她做遮雨的风帽。再接下去呢？四点钟，这三个人在圣-托马斯-达甘教堂门口分手。桑西亚蕾悄悄地在她朋友耳边说：我星期一去找你，告诉你都发生了些什么。

朋友走远了，他很好奇。他很希望星期一快些来临。他不会知道。他手里拿着新的背带，微笑着，而此时桑西亚蕾和父亲在圣-日耳曼大道上已经走远。他们会在《巴黎竞赛画报》的办公室放下一些照片。其中的一张照片上，年轻女子闭着眼睛。她的头发垂落在脸上。这张照片后来被刊登了出来，就在宣布他们死讯的时候，所有人都以为这是她死后拍的。但是拍这张照片的时候，桑西亚蕾还活着，这位朋友无法承受这欺骗。他的声音在颤抖。我能理解他的感觉。有一些混淆会让人产生想要爆击的念头。

报道的第二段主要是说桑西亚蕾的。这个人的追忆相当震撼。他说人们一直害怕她会出事,她开车速度很快,以前在布洛涅森林开着自己车子时就差点出事。她的不谨慎与她的活泼是相一致的。还有别的例子吗?有一天晚上从电影院出来,她脱掉鞋子,爬上桥栏,赤着脚一直走到河对岸。那会儿还下着雨,石头很滑。听到这些话,我的脸红了,就好像这个人念到过父亲宣告我出生的那封信,或是看到过我从桥上跳下去一般。每时每刻,桑西亚蕾都有与死神正面交锋的需求,他接着说,然而她身上却没有一丁点忧郁的成分,这点和罗杰·尼米埃正相反。你听出什么来了吗?在他的身上有一种忧伤的秘密,非常轻,会在某些时刻显现出来。其他回忆?就在罗杰·尼米埃打电话问安托万·布隆旦的情况时,那个年轻女人对这位朋友讲述了一位星相家的预言,星相家是阿贝里奥的朋友,就在几天前,她曾经找过他。星相家说的话很怪,他说她正走向**白身的分裂**。

分裂?她没有加以评述就换了话题。桑西亚蕾不喜欢谈论自己，虽然她是那么喜欢说话的一个人。两年里，她和父亲的交往几乎没有什么秘密可言。一天，她来到他的办公室，某个7月13日（日期确切无疑），把自己的第一份小说手稿交给他。她身着白色套装。他们成为了朋友，几乎天天见面。她经常突然造访，给他带些小礼物。她经常给他写信。他对她的童年和过去一无所知。后来别人说她出身卑微。说她很年轻的时候就和家里断绝往来。说她母亲是从报纸上才得知女儿的死讯。人们还说很多男人为她自杀。她是不是做过模特儿？他记得她有一张照片，从飞机上下来，牵着一只狐狸。她很会摆姿势，很有舞台感，拍照片时如此，在生活中亦如此。这是一个非常具有说服力的女人，一个不受任何限制的女人，她的这位朋友坚持说（但是他到底想说什么？）还没有看到哪个男人可以抗拒得了她，别人几乎无法拒绝她。而如果她叫罗杰·尼米埃把阿斯顿·马丁的方向盘让给她……

男人从口袋里拿出手绢，擦了擦嘴，似乎这样能够擦去刚才所说的语词。他也许后悔在镜头面前谈论这样的话题？他重新开始谈论桑西亚蕾。她有一个孩子，是的，很年轻的时候她就有了这个孩子。他现在如何了呢？当年那个善良的小男孩？他没有他的消息。当时这对母子的关系就很奇怪。她拿他当作成年人对待。那时他几岁？六岁还是七岁？有天晚上，他继续叙述道，我去桑西亚蕾家找她。我们约好到外面吃晚饭。她住在一个类似谷仓的地方，不过装饰得很漂亮，在里尔街。我到的时候，她正在摆放餐具，一套非常精致的餐具，还有与餐具相配的桌布和餐巾。她拉上窗帘，点燃蜡烛，放了莫扎特的音乐，然后我们就走了，把儿子留下，他仿佛一个小王子一般坐在餐盘前。可你就这样让他一个人在家吗？当然了，别担心，他应付得来。

一个人，是的，很孤独。这话让我热泪盈眶。我突然很想重新找到这个善良的小男孩，仿佛我的出现在四十年后能够修正某些事情。杂志采访里提到过他的姓名。我在网上查询他的联系方式。电话号码簿上没有，但是网上提到了他工作所在的那个媒体中心的网址。他似乎为一个叫作“用耳朵阅读”的系列写了很多曲子，并且灌制音乐，这个系列是对经典儿童文学的改编，从《蓝胡子》到《鲁滨孙漂流记》。用耳朵阅读，用紧闭的双眼写作，我们在这一点上具有相通之处，对于所听到的语词的担忧。他也有一个音乐出版和制作公司，办公地址在巴黎第十区。我在记事簿上记下了电话号码和地址。搜索引擎建议我的最后一个链接是由他家里一个远房亲戚所建立的家谱的网址。我发现桑西亚蕾的儿子有三个孩子，三个男孩。我点了有下划线的链接。第一个在出生的当年就死了。我的喉咙一阵发紧。第二个孩子的名字和我祖父的名字一样。而第三个比我哥哥的孩子晚生十四个月。

当然，纯粹的巧合，这一点也是。

我也不知道为什么，就在念这些名字的时候，我想，我的叙述应该到了尽头。我并没有叙述在我卷宗里占有重要地位的一些事情，比如说，我父亲在维维的莫朗家休养的时候，怎么在太阳下暴晒，以至于三度烧伤，我也没有叙述那些纵酒作乐的聚会比赛，橄榄球赛和单一价格廉价商店的小售货员。但是有必要吗？这些回忆散发出抽屉深处的味道。所记的笔记过于肯定，以至于不能揭示其秘密的一面。目前，我还是情愿它们停留在抽屉深处。

有天早晨，我拨了他的号码。我想和他约个时间见面，想见到他，想让他知道那个如此了解他母亲的细腻男人。铃声空荡荡地响了许久。我试着想象他的住所。“砰”的一声响起的门，走廊里的脚步，如果是他的孩子来听电话呢？或者他妻子？我怎么自我介绍？您好，我是玛丽·尼米埃，那个作家的女儿……

哪个作家？怎么说呢？

我匆匆挂了电话。这天夜里我辗转难眠。桑西亚蕾的儿子如今怎么样了呢？他的生活怎么样？他是不是已经有足够的准备来听这样的证词？关于他母亲的证词，如此柔和，却又如此暴烈？而我，我又希望他是什么样的呢？为什么在拨他电话号码时我会如此好奇与激动？我很迟才睡着，在下定决心放弃给他打电话的念头之后。早晨，我做了一个非常令我困惑的梦。我从流沙中拽出一个小孩。而这小男孩是怀特·贡布洛维奇[1]的儿子，他很像父亲小时候的样子，他紧紧抓住我的手腕。深呼吸，亲爱的，深呼吸，这是我在梦里对小男孩说的话。我将他抱在怀里，一直到贡布洛维奇的家中。他已经动弹不了，精疲力竭，然而他能听见我说话，这一点我很肯定。我不断地对他重复说：深呼吸，亲爱的，深呼吸。他蜷起身体，就像下了油锅的新鲜比目鱼，会直立起来躲避热油——他是在躲避我声音中的那份恳切之情，躲避对生命的坚持——的侵袭。表面上并没有出血，是身体内部在出血，在一个口袋里，非常狭仄的一块地方，非常节制。也许应该摇动他，让空气冲进他的身体，让他那如同混凝纸浆一般的外壳染上生命的色彩，但是我没有力气。贡布洛维奇的妻子走了出来，在台阶上，她非常美。我这才明白我们是在某种舞台背景之中，像是电影，或者剧院舞台。公路标识在我们周围形成了一个奇怪的圆圈舞蹈。它们被投射在树上，广告牌

1　怀特·贡布洛维奇（Witold Gombrowicz, 1904—1969），波兰小说家、剧作家和散文家。

上，人行道上和房子的百叶窗上。醒来的时候，我想起了驾校的幻灯片。在事故现场，最主要的就是力防病人往更严重的情况转化，这是我学到的——不要让他喝水，不要搬动他，要说安慰的话。在书里的照片上，那个前来救援的人在肩上放了一块救生毯。他的脸倾向车祸之人，角度根据其对伤势的判断而定。如果车祸之人已经没有呼吸，而救援之人又掌握人工呼吸的方法，就要实施嘴对嘴人工呼吸。照片上的那个人完全掌握嘴对嘴人工呼吸的方法，也就是说他只是单纯实施救援，而不可能产生任何其他想法。在这种情况下，一个业余的救援者很可能会犹豫着要不要去亲吻一个陌生人，而他却完全投身于这相当神圣的姿势之中。靠近嘴唇时他看到的不是嘴唇，而是四片肺叶，肺叶里两百平方米的肺泡，仅仅是凭借他经验的力量，很快就能让相同的挥发性物质流动起来。他知道，在二十四小时里，我们每个人身体内部都会有一万升空气流过。

父亲死了多少年了呢？如果那晚他没有驾驶那辆阿斯顿·马丁，会有多少亿升空气流过他的身体？而在这多少亿的空气里，又有多少万的空气是我们分享的，仅仅因为我们有时会待在同一个房间里，同一个大厅里，或者同一座楼梯上？回到梦里，贡布洛维奇的妻子向我张开双臂，慢慢地走向我。我醒来时，似乎孩子已经恢复了呼吸。他得救了。我们救了他。整个一天我的情绪都非常好，突然间，我觉得自己显然应该重新找到桑西亚蕾的儿子。我怎么还会犹豫呢？是的，我没有拿到驾照，但是我不能失去这个机会。这个约会，自我们第一次相见之后已经时隔二十年的约会。

我原本是想写一句非常简单的句子，像这样的一句话：昨天早晨，我去了巴黎，第十区。我们喝咖啡，吃了几片面包。桑西亚蕾的儿子，怎么说呢，对我非常友善。我想我们还会再见的。

但是我在电话里听说了一个消息。接电话的是个女人。桑西亚蕾的儿子死了，我坐在书桌前，觉得自己真是难以承受。

觉得自己已经精疲力竭，更甚于精疲力竭。仿佛在秋天里，树叶拒绝落下，只是绝望地挂在树上。家里很冷。很多人出席了他的葬礼，很多朋友。

弗兰克带了棵圣诞树回来，孩子们为它进行装点，他们新做了一头陶土的驴子（先前做的那个掉了两只脚），用喷漆罐喷白了玻璃上的小方格，在门边挂上叶冬青和斛寄生球。在12月的圣诞日历上，只剩下六扇小窗尚未开启。弗兰克装好了粘胶枪，准备修马厩，因为马厩在拆包装的时候也有些损伤。当埃利奥把靴子放在树下，在想是该放一只还是两只的时候，弗兰克想起了一个故事。

“这让我想起，”弗兰克转向我，将粘胶枪冲上，唯恐胶水滴在厨房的餐桌上，“这让我想起你父亲的鞋子。”

我父亲的鞋子？我不知道他要说什么。

他很惊讶我不知道家庭史诗中的这极富说服力

的一段。这是有天晚上，我正在给孩子们读故事时，母亲讲给他听的。在他看来，我理所当然应该知道。故事？1962年的一天夜里，弗雷德里克·达尔和他的妻子从巴黎回到他们当时居住的穆罗。西郊公路上没有什么车和人。他们注意到公路的路边有暗黢黢的一群人，围着一辆刚出了车祸的车。他们想车祸应该是才发生不久，于是停下来，想看看能否为车子里的人做点什么，但是车里一个人也没有。只有边坡上有一只鞋，一只孤零零的鞋，作家和他的妻子将鞋子放回汽车残骸里，仿佛这个动作能够缓冲一下他们所看到的凶险的场景。这只鞋，他的妻子仿佛在谈论一只小动物，柔软而温暖。四十年后，她仿佛还能够看见它，能够感觉到它，仿佛还在她的手里。她从来不曾在公众面前说起过这段插曲。仅仅是因为这不是一段插曲，而是他们生活中一个非常重要的时刻。第二天，报纸上硕大的字体吸引了他们的注意：原来他们捧在手里的，是罗杰·尼米埃的鞋。

马厩重新粘好了，耶稣在妈妈的肚子里。马利亚披着蓝色的纱。孩子们为她做了一件可以拆开的围裙，这样婴儿就可以顺利地出来，在夜里二十四点的时候，找到属于自己的马槽里的位置。约瑟夫离得稍微远些，拄着一根拐杖。他有些精疲力竭的样子。再远一些，三博士牵着骆驼走在一旁。在稍微低些的树枝上挂着一个一闪一闪的花环，为整个场面增添了一种微微的迷幻氛围。最后，埃利奥还是把两只靴子都留在圣诞树下，而莫尔兰留下的是他去年就用过的袜子。对于 12 月来说，这天气似乎温暖得异乎寻常。我经常想到那只鞋子。我觉得仿佛自己就把它捧在手里，仿佛是我在路边拾起了它。将鞋子放回汽车里的举动让我非常感动。拼图游戏结束了，或者说无论如何走到了它的尽头和边缘：在内部，是很大的空，一组组的东西都涌了进来，占据了这里或者那里的位置，这一组组的东西原先是分散的小岛，现在通过曲曲折折的、仿佛词语画下的道路一般的线连接在一起。而非常奇怪的是，非此不可的词语，那些流通转圜想要留下自己痕迹的词语似乎围绕着原先缺失、现在重新找到的某样东西组织起来，没有任何计划，在这结果之前没有任何写作的策略可言。我们的父亲在车祸时丢失了一只鞋子？它会安静地回来，马丁已经预料到一切。而在图像的下端，仿佛一根木条，在与地面平齐的光芒中闪烁着马丁最美丽的收藏品。在儿子收藏的各种名牌鞋中，在儿子精心叠放、上光和编撰了目录的鞋子中，一定会有父亲的尺码，它在等父亲，就像小飞机在乘客之中找寻着那个神派来的男人。再上面一点，一团蓝色的物体在等安徒生的美人鱼破水而出，那个用声音去交换痛苦的双腿，用以吸引救了她生命的王子的美人鱼。在上面的左侧，于格在摇他的椅子，旁边是从流沙中拽出来的小男孩和一个光脚走路的天使。稍稍位于下方，在父亲书房里，在他原先放手枪的地方，散放着那只带有绒球的拖鞋。我又想起了脚后跟上妨碍我在教堂讨喜钱的水泡，想起了祖母给我的那一巴掌，和我得到后放进圣-奥古斯丁捐款箱里用以赎罪的五法郎。我想起了急性风湿性关节炎。想起了撑杆跳高运动员的阿喀琉斯的脚踝。想起了圣-伯里厄克坟墓上猫留下的印迹。我想起了自己摔坏的腿，我想我大概没有说起过这件事，但是这也是一件情节曲折的事情：我那时一岁，看管我们的年轻姑娘从楼梯上摔了下来，当时她抱着我。下班回来的母亲看见我两眼全是泪水。我没有发出什么声音。我就只是躺在那里，静静地躺在自己的床上。父亲把我们送到了医院。到底发生了什么事？也许没有其他任何事，就只是一个年轻姑娘在楼梯上滑倒了，但是这过早发生的骨折对于我来说仿佛一直是我不知道的什么事情的信号，与坠落、楼梯无关的什么事情，所有人都想忘记的什么事情。最后，我从一个崭新的角度重新思考了这个一直萦绕着我，挥之不去，我却从来没有大声问出来过的问题：一个父亲究竟是怎么样的？于是，所有的事物都被激活了。一个侧影在图像之间移动。他在那里，这个复杂的爸爸，他像所有人那样走路，用两只脚。他转过身，我能够认出他来，就像父亲总能认出自己的孩子一样。不仅仅是认出他的步伐，而且也是在那温和的动作里，认出他的面容，轮廓和表情。他高高的额头。他绿色的眼睛。他眉毛的完美曲线。我能够看见这一切，想象这一切。这么长时间以来，我第一次得到了安宁，仿佛世界终于按下了暂停键。

译后记

我目光下的你还在吗?

是清晨醒来,耳畔突然间响起的一句话。没有缘由,就只是醒了,睁开眼睛,看到的世界和梦里完全不一样。可是听到这样的一句话,眼泪竟是就这样地在心间猛涨上来,淹没了原先牢不可摧的、用来分隔两个世界的堤坝。

手伸出去,碰到了床头的《沉默女王》,这些天睡觉前一直在看的书。就好像是应景了似的,那个声音在耳畔幽幽地响起,还隐隐约约地掺杂着些笑声,一边笑着一边说,我目光下的你还在吗?

罗杰·尼米埃。法国“轻骑兵派”的代表作家。轻骑兵,用书里的语言来定义,就是:“温柔地对待生活,粗野地对待女人。”

这个男人三十六岁时驾着跑车扑向了生命的彼岸,至今谁也无法确认那究竟是场事故还是自杀。如今同样成了作家的女儿写他,写那个根本在记忆中已经和车子一样成为碎片的父亲。父亲驾着跑车——一辆 Aston Martin,萨冈也驾着同样牌子的跑车出过事,让人觉得也许这个牌子是命运的一道符咒,贴在所有敢于挑战这个现实世界极限的人身上——一连撞翻七根水泥界碑的时候,她才五岁。

而且,在那辆被彻底撞毁的跑车里,在父亲的身边,还有一位年轻美貌的女作家。那也是当年被纠缠了很久的话题。车子行驶在左车道里,却突然间往右打了方向,同时还有紧急制动的痕迹。让人想象车里的两个人应当是斗争过,只是不知道是谁要把谁带离这个世界,也不知道是谁更留恋这个世界。不过这无所谓,这里已经有花边逸事的要素:男的才华横溢,女的美貌聪敏;男的是伽里玛的总审稿人,女的才签下了伽里玛的第一份小说合同。人们喜欢流连于花边逸事本身，却几乎从来不愿去想花边逸事背后的事情。因为花边逸事是可以用来娱乐的，而背后就只有悲伤。

所有的花边逸事到了最后，都只有悲伤，对于花边逸事里的人，是一点娱乐的成分都没有。

五岁，还是很小的年龄。小到所有的大人都希望蒙住她的眼睛，不让她看到报纸杂志上的巨幅照片。撞成碎片的车子，车里的两个人。她还不识字，只是有本能的知觉。

又身不由己地爱上了这番追寻。不完全是关于罗杰·尼米埃的传奇，更多的却是女儿对父亲的追寻本身。有些晚上，读着这个女人的文字，读着她四处向别人去讨关于父亲的记忆，问母亲，问亲哥哥，问同母异父、父亲出事时已经记事的另一个哥哥，问父亲的朋友，问父亲留下的文字和信件；读着她用那么多的文字描述去墓地前买花时，花店女老板的艺术家气质（我也总是在胆怯的时候将自己耽搁在一个美丽的细节上，好像这样真的就不用面对残酷的命运）；读着她三番五次地考不过驾照；读着她想要摆脱却又情不自禁纠缠的心情，我就会和着血液里的酒精，坐在床中央哭泣。和其他能够打动我的故事一样，这里面有守着一堆碎片，怎么也拼不完整的努力和绝望。

小的时候上劳技课，焊收音机，别人都能焊那种完整而漂亮的小锡包，圆圆的，一个连着一个，像宝塔糖的形状。只有我不能。我不能，每一次，我都守着自己的那堆烂泥一般的焊点，无可奈何。虽然关起外面的盒子就什么也看不见了，可是那堆烂泥一般的焊点总是越过盒子在我眼前晃动，告诉我，我创造的世界里没有完整也没有美丽。

玛丽·尼米埃也关起了盒子，在相当长的一段时间里。我完全能够明白，她也忘不掉。到了能够承受并且必须承受命运的年龄，才好不容易下了决心踏入自己一直畏惧的世界，可是走回去，一路上拾的只是碎片。完整在开始时就已经不存在了。需要多长时间才能够明白这也许并不是一种残酷呢？

这个女人如此沉痛地写：**他在我们身边的时候从来不曾真正地在场，离开我们的时候却又从来不曾真正地离开。**

不曾真正地在场，不曾真正地离开，特别害怕这样的句子捶打在心上。好像一个不会弹琴的孩子，在黑夜里，用一根手指咚咚地敲击着琴键，一下一下，竟然就是心脏跳动的节拍。好像那个夹杂着笑的声音说，我目光下的你还在吗？还在吗？也是心脏跳动的节拍。于是在闭起眼睛准备好跨越两个世界之间的界限时身不由己地慢下了脚步。真的，没有人抵抗得住这样的声音。当那个从来不曾真正在场的人问，你在吗，你在我的目光下吗？你无法不收住自己的脚步，转回头，向那个声音走去。尽管你心里那么明白，这一次，他仍然不会真正地在场。

尽管你心里那么明白，没有人能够守得住这样的声音。因为，在现实的世界里留一堆或欢乐或悲伤的碎片给你，就是说出这句话的人对你所负的所有责任。他对你的意义是现实之外的。

如果生命中有这样一个人，一定会被带出任何预设的存在轨道。就好像玛丽·尼米埃一样。用自己的意志躲避了将近一生的时间，撕毁父亲的遗嘱，不碰有关父亲的一切，然而，还是要战胜胆怯与疼痛，向那个声音走去。临了，自己的意志还是束手投降。

评论说，毕竟，罗杰·尼米埃只有一个女儿。唯一意味着别无选择。

父亲称女儿“沉默女王”，在她五岁的时候就这样称呼她。于是这称呼成了他留给女儿的唯一遗产，或者是魔咒。于是，在父亲的问题上，女儿真的沉默了几十年。

其实父亲在驾车冲向彼岸之前，自己已经沉默，差不多和女儿的出生同步。作为二十世纪五六十年代法国“最重要的作家”之一，他在二十八岁的时候便告别了小说创作。这是拒绝“介入”的结果（在文学中，罗杰·尼米埃毫不犹豫地站到了萨特的反面），在某一个时刻，突然不知道自己写小说，究竟是为了什么。编一个又一个自己永远无法实现的完整的故事，又是为了什么。

没有了意义的躯壳，竟然会失去在场的形式，空有目光而已。这是罗杰·尼米埃本人的故事里唯一逼我感觉到疼的地方。也是前些日子里读萨特时，萨特唯一令我感到嫉妒的地方。我能够想象罗杰·尼米埃是在怎样的情形之下,失去了完整的能力,只能留下一堆碎片给周围的人。甚至,将至亲的人也影响到只能守着一堆碎片,靠转过身,靠撒谎来维持这个现实世界的营生的地步。玛丽·尼米埃写,母亲从来都是在说,玛丽和她的哥哥都是“伟大爱情”的产物,伟大爱情,是这样的词句。在父亲出事的时候,这场“伟大爱情”已经要走到终点。因为父亲酗酒、粗暴,也许还因为别的女人。“伟大爱情”的背后,是母亲身上的伤痕和因为爱、对父亲的无限同情。可是玛丽·尼米埃仍然将母亲的谎言——很小的时候她就本能地知道是谎言——奉为信仰。

将谎言奉为信仰,这是意义根本而唯一的来源。

失去完整的能力,生活中如此,文字中亦是如此。文字的领域里,碎片是信,是大量的书评,是一点点挤牙膏似的焦灼,是一定要有他人存在才能够开口言说的无奈。他人作为对象,或者作为载体。自我言说进行不下去,是因为失去了可以温暖自身、不至于让人感到惶恐的意义躯壳。

意义,从来都是要自己奠定的。假如在踏入文字领域之初就高举了反意义的旗帜,以后的路一定会迷失在一片荒芜之中。

如同一本同时在读的书里说,是要在这意义躯壳里“灌注自己的灵魂”,可是眼睁睁地看着这躯壳“命运未卜”,所以灵魂找不到家了。永远也找不到了。

很多时候,我完全相信,写作,只是为了给自己的灵魂找到一个家。而且,是因为在这个现实世界里找不到灵魂的家。这几乎成为所有写作者的初衷。

于是转向了语言世界。最初发现语言世界的魅惑与独立时,那种欢乐是无法形容,无可比拟的,会感觉到被单纯的欲望吞噬。因为面对物质世界只能不断地感到无能与疼痛的灵魂可以在虚幻的语言世界里无限地伸展开来,发出欢愉的叫声。那是一种骤然摆脱身后现实世界种种羁绊的轻松,还有对突然来到的这个独立的语言世界的无比信任,因而人也会在刹那之间闪现出耀眼的光华。那个时候,也许还不需要意义。不需要知道,语言世界和现实世界一样,要能够长久地维持下去,必然会要这样一个和社会契约相类似的躯壳，这是语言世界的物质规定。

自以为在语言世界最初的光华里已经找到了真实，这是很多一头扎进语言世界的人到头来受到致命伤害的根本原因。因为语言世界的爱，从来都是一厢情愿的痴爱。他们不曾料到，语言与现实一样，具有那样深的物质性。在人一厢情愿灌注在语言形式中的感情的背后，是索绪尔所说的那个冰冷的系统。

于是罗杰·尼米埃选择沉默，甚至让自己的女儿也选择沉默。这与爱无关，只是对生活、对话语的沉痛认识。有声的语言世界暗淡下去，可是有一生置之脑后，却永远在场的目光。

然而玛丽·尼米埃在很长时间里想的却只是父亲爱不爱她的问题，爱不爱，关键是会不会爱。如果爱有固定的形式，罗杰·尼米埃应该算是不会爱的人。他从来不曾温柔地对待过自己的孩子，他会拿枪抵住尚在襁褓中的儿子的额头，他会把女儿为他端来的玩具煎蛋倒进垃圾桶。他完美地实践着“轻骑兵派”的纲领，只是不明白为什么越想温柔地对待生活，就越是为生活所不容。

法语里，“柔”（douceur）和“痛”（douleur）的确只有一个字母的差异。唇齿之间的距离。

很多在语言世界的黑暗里（目光还不曾照亮语言世界的时候）完美地爱着的人，在现实世界里都拿爱无能为力。因为他们最初陷入语言世界的时候不曾料到，语言不仅欺人，而且自欺。他们或逃避，或蜻蜓点水般地在男人或女人间转圜，只是不能够按照这个世界许可和规定的方式去爱，去实践一对一，将两半合成一体的神话模式。神话的模式，归根到底，还是属于语言世界的。是语言世界里有待碰撞和超越的界限。

一些日子以前，看苏友贞写的关于亨利·詹姆斯的故事，看到作家在语言世界之外那种束手无策的心情，看到他面对现实之爱的那种惶惑，突然之间觉得有感同身受的荒凉。那也是在一个夜晚，心里的野草蹭蹭地冒出来，吞没了曾经以为会盛开的花朵。

我能够清楚地看见玛丽·尼米埃的伤痕，因为也是自己曾经的伤痕。不论是父亲，或是其他意义上的，命运分配给你的爱人，只要你固执地想，为什么他不可以全身心地、无条件地、无时无刻地、按照我所臆想的方式那样爱我呢，你就会有伤痕。每一个愿望撞在实际的障碍上，撞在相互的错过和误解上，撞在软弱和欺骗上，撞在能和不能的矛盾上，就是一道伤痕。然而撞上去是一定的，是这个现实世界的本质。

需要到一定的年龄，借助一定的情境才能够明白，爱只是那个臆想中的真实存在的一件外衣，对于语言世界和现实世界都是如此。罗杰·尼米埃先是看着这件外衣在现实世界成为碎片，紧接着，又看见它在语言世界里也成为碎片——真的是能够明白他的手足无措，明白他想要彻底逃离这个世界的决心啊，因为揭开碎片，竟然都是一无所有。逃离，然后回望，他想说的是，也许目光倒是爱的一种温和而持久的方式。执子之手是注定要破灭的谎言，而关闭语言世界的一切通道——无声的，或是有声的——以目光相随，才是唯一的，非谎言的，永恒的爱。尽管这目光会将现实世界的种种切割成碎片，倘若你不懂得退后一步，在不经意间，这些目光的碎片同样会将自己伤得体无完肤。

我想，玛丽·尼米埃也是在明白了些什么之后，才能够骤然转身，迎着这目光向前走去。

然而，要明白什么呢？

她把自己所有的追寻行动都写成了假设的条件式。她写，原本可以怎样怎样，不过，原本到最后，都没有成为事实。这场追寻于是最终被写成一个伤心的游戏。把一个世界一点点地拼接起来，然后说，也许是真的，然而谁也不知道，谁也不能确认它的真实，包括亲手构建起它的我在内。很聪敏的一个女人，可以在语言世界里给自己留有我一辈子也许都学不会的余地。这让我相信，她确实已经明白了一些什么。

或许是明白，如果现实世界不能给出真实，独立于现实世界之外的语言世界同样不能够给。剥去了爱这件美丽而虚假的外衣，露出的并非是我们臆想之中的真实。怀疑也是从那一刻开始生出的：或许，我们假设的，因而不懈追寻的真实并不存在？

或许是明白，我们过于沉湎于一件外衣，沉湎于它的形式，沉湎于它的审美标准，沉湎于它所涵盖的道德范围，其实毫无道理。

唯一而固定的真实并不存在，这是在脱去并且粉碎了爱的衣衫后面对的尴尬事实。我们只是躲在这件衣衫里——如同躲在其他的意义躯壳里一样——温暖自己的存在。可是存在是什么呢？罗杰·尼米埃不喜欢的萨特说，存在是一座废墟。

还有更糟糕的，存在是一座并不存在的幻象之城。语言世界亦是如此。上课的时候，一再地和学生说，男女之间，一定有"你爱我吗？"这一类的问话，而问这样的话，从来都不是为了答案，只是害怕沉默带来的空茫。因为空茫和停顿会让一切进行不下去，包括有着根本的物性的爱情。

语言世界也要按着既定的套路走，否则会碰到始料不及的暗流。只能像罗杰·尼米埃那样选择沉默。

杜拉斯在那个令自己都感到难以理解的《劳儿

之劫》的故事里也呈现过类似的疑惑。无数种阐释的可能性缠绕着劳儿,就在她眼睁睁地看着自己的未婚夫被一个横生出来的黑衣女人带走的时刻。爱情中的另一方被带走了,不复存在,“你爱我吗”的问题也无从提起。于是劳儿退后了一步,她想知道未婚夫为什么会被那个女人带走,想知道自己为什么会因此受伤,想知道怎样才能够平复伤痕,可是从被捡起的出走到回归,当她再次游走在小城迷宫一般的街道间,她自己也梦游一般地玩着背叛的游戏时,她并没有向自己,向周围的人,向读者呈现所谓唯一的答案。

目光变得清冷和透彻,淹没了记忆和未来。未婚夫被劫走的那场舞会成了向劳儿那“唯一目光大大开放的围场”。对于劳儿来说,在事件之后漫长的日子里,不是要在那片荒芜之中找到爱情被劫的答案,而是要“重新开始过去,安排它”,因为那是她的“真正居所”,她要“对它进行布置”,在目光所围出的空无之地上。

当终于明白一点什么之后,玛丽·尼米埃也是要找到一块地方，建造只属于自己的真正居所了。不在那个人留下的文字世界里，也不在现实世界里。那个人，那个从来不曾真正地在场和不在场的人已经远离了这两个世界。玛丽对那个现实世界一无所知，对那个文字世界半知半疑。几十年的时间，她已经在它们的外围绕过一圈，不得进入。

是在两个世界之间。如果还能有一块地方让真实寄居，又为什么，不试一下呢？就在这"目光的围场"之中，打破那个"蓝色轻骑兵"的神话，也打破永远挥之不去的抛弃家庭的父亲的形象。罗杰·尼米埃的沉默为她留下了建造属于自己的真实的可能性。或许，如果父亲当年真的用过多的爱或者恨将她包裹得严严实实，她永远也不能有这样的机会。那样的一切，如果以文字的形式留赠给她，她将永远不能够逃脱谎言的牢笼。

唯有沉默。《不可能的存在之真》在诠释拉康时说，"言说沉默的地方，反而真实"。或许出乎我们的意料，真实从来不是所谓已有的现实存在，而是一种余地和可能。一个逃脱谎言的出口。

想来玛丽·尼米埃已经明白，沉默才是父亲遗赠给她的最好礼物。

是的，我在你的目光下，我在，我永远在。我即将向你走来。因为，在你的目光中，我看到自己是你的唯一，为此我将拥有他人永远无法拥有的灿烂和真实。

文学新读馆

追踪世界文学前沿，沉淀时代作家经典

已出版：

沉默女王
法兰西学院最佳小说奖，
美第奇文学奖

世界上第二强壮的人
七个漂泊异乡的成长故事
英联邦作家奖

面包匠的狂欢节
人类欲望的终极演绎
吉姆·汉密尔顿奖

在迦南的那一边
布克奖入围
沃尔特·司各特奖

法兰西兵法
龚古尔奖，
波澜壮阔的法兰西《现代启示录》

十个离奇而真实的故事
苏格兰当代最伟大的作家，
多艺术形式表现的文学工艺品

蓝狐
冰岛现当代文学首次译介
北欧文学奖获奖作品

女性时代
俄语布克奖

修补匠
普利策小说奖

看不见的山
意大利瑞吉昂·朱利新人小说奖，
乌拉圭心灵地图

男孩杰的动物园
继《少年Pi的奇幻漂流》后，
文学界最精彩诡谲的海上传奇

老虎的妻子
奥兰治奖

圣徒与罪人
弗兰克·奥康纳国际短篇小说奖

最佳欧洲小说系列
精选欧洲各国年度最优小说
一本书，一幅欧洲当代文学地图

航空信
诺贝尔文学奖得主特朗斯特罗默
通信集